AF292094

# Die glücklichsten Momente
# meines Lebens

Jolina Böttcher

Bibliografische Information der Deutschen Nationalbibliothek:
Die Deutsche Nationalbibliothek verzeichnet diese Publikation in der Deutschen Nationalbibliografie; detaillierte bibliografische Daten sind im Internet über http://dnb.d-nb.de abrufbar.





Cover Design und Illustration: Marge Turingan (@caravelle_creates)

Verlag: BoD · Books on Demand GmbH, In de Tarpen 42, 22848 Norderstedt, bod@bod.de

Druck: Libri Plureos GmbH, Friedensallee 273, 22763 Hamburg

ISBN: 978-3-8334-9543-4

Für meine Mama,

die mich immer zum Lesen ermutigt hat.


Und für Marie,

ohne die diese Geschichte nicht erzählt worden wäre.

# Prolog

Es waren einmal ein Mann und eine Frau, die sich verliebten.

Beide waren bereits verliebt gewesen. Beide waren bereits durch Liebe verletzt worden.

Die Frau hatte eine Tochter, deren Vater sie vor der Geburt verließ.

Der Mann hatte einen Sohn, dessen Mutter starb, als er noch sehr jung war.

An dem Tag, als sie ihre Gelübde ablegten, meinten sie sie. Sie hofften, dass dies das glückliche Ende ihrer Geschichte sein würde.

Das war es nicht.

# 1

Als sich das Sitzgurt-Symbol wieder einschaltete, holte Lorena ihren Handspiegel aus ihrer Tasche und zog ihren rosafarbenen Lippenstift nach, bevor sie versuchte ihren Pony zu richten. Wenn man die lange Flugzeit von New York nach London bedachte, saßen ihre braunen Haare noch relativ gut.

Der Spiegel verschwand in ihrer Handtasche und Lorena wandte sich ab, um durch das Fenster nach draußen zu den Lichtern zu sehen, die die Stadt hunderte Meter unter ihr erleuchteten. Sie ertappte sich dabei, wie sie bei dem Gedanken daran, wieder hier zu sein, lächelte. Es war wirklich zu lange her.

Obwohl Lorena in den Vereinigten Staaten groß geworden war, war ihre Mutter mit ihr nach Oxford gezogen, als sie acht Jahre alt gewesen war. Anfänglich war es alles andere als eine erfreuliche Erfahrung gewesen. Als sie jünger war, machten sich die anderen Kinder über ihren Akzent lustig. Als sie älter war, erzählten sie ihr, wie kultiviert sie klang, und waren begeistert von dem Gedanken, an einem ganz anderen Ort der Welt gelebt zu haben.

Lorena kümmerte sich nicht darum. Es war etwas, was sie von ihrer Mutter sehr früh gelernt hatte – über den Dingen zu stehen und sich darauf zu konzentrieren, was wichtig war. Und für sie war das ihre Freundschaft mit Jack. Zuerst hatte ihr der Gedanke an einen Stiefbruder gar nicht gefallen. Sie hätte eine Schwester vorgezogen, jemanden, mit dem sie hübsche Kleider tauschen und den sie um Rat in Dingen fragen konnte, die sie ihre Mutter nicht fragen wollte.

Aber dann lernte Lorena Jack kennen und als sie ihn kennenlernte, hätte sie ihn gegen keine Schwester der Welt eingetauscht. Oh, der kennenlernen Teil war gar nicht so einfach. Jack war nicht so extrovertiert wie sie. Er war zufrieden damit, sich in seinem Zimmer einzuschließen, Bücher über Schach zu lesen und sich komplett in seiner eigenen Welt zu verlieren.

Mit der Zeit öffnete er sich und sie kamen sich näher. Das war der Grund, warum die Scheidung ihrer Eltern sich wie das Ende der Welt anfühlte. Im Alter von zehn und zwölf Jahren war das Leben schwer genug, ohne seinen besten Freund zu verlieren. Die Scheidung passierte trotzdem und Lorenas Mutter zog mit ihr zurück nach Amerika, bevor es sie sechs Jahre später wieder zurück nach England verschlug.

Damals zurückzukehren hatte sich seltsam angefühlt, zu wissen, dass es niemanden gab, der sie abholen würde. Es war ein weiterer Neuanfang, und obwohl Lorena das akzeptiert hatte, war sie an dem Tag nicht erpicht darauf gewesen, aus dem Flugzeug zu steigen. Anders als jetzt, wo sie sich dazu zwingen musste, ruhig zu bleiben und nicht von ihrem Sitz aufzuspringen, sobald das Flugzeug aufsetzte. Sie wartete geduldig, als die anderen Passagiere an ihr vorbei zum Ausgang gingen, bevor sie ihre Sachen ergriff und ihnen nach draußen folgte.

Während sie in der Schlange stand, um ihren Reisepass kontrollieren zu lassen, zog Lorena ihr Handy hervor und schaltete den Flugmodus aus. Ungelesene Nachrichten gingen ein, aber sie öffnete keine davon. Stattdessen klickte sie auf Jacks Namen und schrieb: *Gelandet.* Dann ließ sie ihr Handy wieder in ihrer Handtasche verschwinden und ging ein Stück in der Schlange nach vorne.

Der Flughafen war relativ leer, aber doch voll, wenn man die Uhrzeit an diesem Freitagabend bedachte. Es war bereits dunkel draußen gewesen, als Jack mit seinem Auto auf den Parkplatz eingebogen war, und nun schien das weiß-blaue Licht der Deckenbeleuchtung schrecklich grell.

Er zog sein Handy aus der Hosentasche und überprüfte seine neuen Nachrichten. Der Flug aus New York war bereits vor einer halben Stunde gelandet, aber Jack vermutete, dass Lorena nach der Passkontrolle noch auf ihren Koffer warten musste. Das war eines der Dinge, die er normalerweise vermied. Die paar Male, die er in die USA geflogen war, um Lorena zu besuchen, hatte er es geschafft, alles in einen kleinen Koffer zu packen, der als Handgepäck durchging. Lorena blieb nur bis Sonntag, aber irgendwie würde sie es schaffen, genügend Klamotten einzupacken, um dreimal am Tag das Outfit zu wechseln.

Jack versuchte gar nicht erst sein Lachen zu unterdrücken, als er sie von weitem sah, einen Koffer neben sich herschiebend, der beinahe ihre halbe Größe hatte. Sie trug eine dunkle Hose und weiße Bluse, womit sie wohl die einzige Person war, die sich für einen acht Stunden Flug, der sein Ziel gegen 9 Uhr abends erreichte, zurechtgemacht hatte. Aber so war sie. Sie sah immer hübsch aus, ihre Kleidung modisch auf eine einfache, elegante Art.

Lorena bemerkte ihn und winkte. Mit einem Blick auf ihr Gepäck hob er eine Augenbraue, woraufhin sie nur mit den Schultern zuckte, bevor sie in ein breites Grinsen ausbrach.

„Ich wusste nicht, dass du vorhast, bei mir einzuziehen", sagte Jack, umarmte sie fest und hob sie vom Boden, was sie vor Überraschung zum Lachen brachte.

„Das hättest du wohl gerne", sagte sie, als sie wieder auf den Füßen stand. „Du würdest es keine Woche mit mir aushalten!"

Das warme Gefühl noch immer in seiner Brust kribbelnd, räusperte Jack sich und widerstand dem Drang, sie in eine weitere Umarmung zu ziehen. „Bereit?"

„Klar."

Sie machten sich auf den Weg zum Ausgang und auf den Parkplatz hinaus, wo der alte grüne Audi 80 B4 stand, den Jack sich nach seinem Universitätsabschluss gekauft hatte. Sein Vater hatte ihm einen Neuwagen schenken wollen, aber Jack hatte darauf bestanden, sich sein erstes Auto selbst zu kaufen. Seine damaligen Freunde hatten ihn für verrückt erklärt, dass er für das alte Ding Geld verschwendete. Allerdings musste Jack zugeben, dass die Leute, mit denen er während der Uni befreundet gewesen war, Idioten waren.

„Für dich", sagte er, sobald sie saßen, und reichte Lorena den Teebecher, den er für sie mitgebracht hatte.

„Danke." Sie nahm einen kleinen Schluck und stützte ihr Kinn auf den Deckel.

„Hinten ist auch noch ein Kopfkissen, falls du dich ausruhen möchtest."

Ihre Mundwinkel zogen sich nach oben. „Bist du mich jetzt schon leid? Dir ist bewusst, dass London zeitlich vor New York liegt, oder?"

Jack schnallte sich an. „Ich denke nur an deinen Schönheitsschlaf.

Flüge können anstrengend sein.“

„Ich fühle mich geschmeichelt, aber deine Sorge ist überflüssig.“ Sie setzte sich aufrechter hin und hob ihr Kinn. „Ich sehe natürlich schön aus.“

„Wenn du das sagst.“

Jack lachte, als sie ihm einen freundschaftlichen Knuff mit dem Ellenbogen gab, dann startete er den Motor, setzte zurück und fuhr vom Parkplatz.


Während Jack fuhr, lehnte sich Lorena in ihrem Sitz zurück und ließ ihren Blick aus dem Fenster gleiten. Sie würden zwei Stunden nach Oxford brauchen, vielleicht weniger, da die Straßen leer waren. Ein Bus überholte auf der – zumindest für sie – falschen Straßenseite und sie lächelte. Sie hatte ihr zweites Zuhause vermisst. Sie drehte sich zu Jack, dessen Augen auf die Straße gerichtet waren. Ihn hatte sie auch vermisst.

Jack fing ihren Blick auf. „Was?“

Seit sie mit 18 Jahren zum Studium weggezogen war, hatten Lorena und Jack es in den letzten acht Jahren nur ein paar Male geschafft, sich gegenseitig zu besuchen. Es war besser geworden, sobald sie beide ihren Abschluss hatten, aber sie sahen sich selten mehr als einmal im Jahr.

„Nichts“, sagte sie, noch immer lächelnd, obwohl ihr Herz plötzlich zu schmerzen begann.

Jack warf ihr einen Seitenblick zu, eine dunkle Haarsträhne ins Gesicht fallend, bevor er sich wieder auf die Straße konzentrieren musste. Lorena betrachtete ihn noch ein paar Sekunden, dann wandte sie sich wieder zum Fenster.

Das Leben nahm manchmal wirklich unerwartete Wendungen.

„Ich soll dich übrigens von meinem Vater grüßen."

„Ist er morgen nicht da?"

„Nein, er ist bis nächste Woche in Dublin."

„Schade", sagte Lorena und meinte es. „Ich hatte gehofft, er würde mir alle glorreichen Details seiner Verlobung verraten. Ich kann nicht glauben, dass er zum vierten Mal heiratet."

„Das macht zwei von uns."

Lorena drehte ihren Kopf zu ihm, in dem Versuch herauszufinden, wie er sich fühlte. „Also, wie ist sie so?"

„Nett, schätze ich", gab er zu und setzte den Blinker. „Ich denke, die Beziehung könnte tatsächlich funktionieren."

Obwohl sie sich nicht in allem einig waren und einen ziemlich unterschiedlichen Charakter hatten, wusste Lorena, wie sehr Jack seinen Vater bewunderte und wollte, dass er glücklich war.

„Dann kann ich es kaum erwarten, sie kennenzulernen", sagte sie und er erwiderte das Lächeln, das sie ihm schenkte.

„Da wir beim Thema sind... Bist du dir sicher, dass es in Ordnung für dich ist, morgen Zeit mit meinen Freunden zu verbringen?"

„Natürlich, ich freue mich." Sie lehnte sich verschwörerisch vor. „Ich habe immerhin Geschichten gehört."

Jack wandte die Augen nicht von der Straße, um sie anzusehen. „Sie freuen sich auch, dich kennenzulernen."

„Und du nicht."

„Du weißt, das ist es nicht."

Draußen sah Lorena die Scheinwerfer der anderen Autos

verschwommen vorbeiziehen, während sich die Stille in ihrem Fahrzeug in die Länge zog.

„Hast du es ihnen gesagt?"

Als sie sich zu Jack drehte, konnte sie das Weiß seiner Knöchel hervortreten sehen, wo seine Hand das Lenkrad umschloss. Der andere Arm ruhte auf dem Türrahmen und seine Finger wanderten gedankenlos über die Unterseite seiner Lippe.

„Ich habe es Dean gesagt", gab er zu. „Ich bin mir nicht sicher, ob Ava oder Sonya es wissen. Ich gehe nicht davon aus."

Dean war, außer ihr selbst, Jacks bester Freund. Sie hatten sich kennengelernt, als er dem gleichen Fußballverein beigetreten war, und Lorena wusste, was es bedeutete, dass er die Information freiwillig geteilt hatte. Sie wurde weich. „Es wird gut gehen, Jack."

„Ich hoffe es."

„Ich *weiß* es."

Sie war sich nicht sicher, ob er ihr glaubte, aber dieses Mal sah er sie an, und als er das tat, konnte sie erkennen, dass sich seine Mundwinkel nach oben zogen, die gute Laune in seine Augen zurückkehrend.

„Ich habe dich vermisst."

„Ich habe dich auch vermisst."

**2**

Jack band seine Schnürsenkel und warf Lorena einen Blick zu, die bereits losgezogen war, um ihm eine Bowlingkugel auszusuchen. Es war beinahe schon eine Tradition. Bowling an seinem Geburtstag, Minigolf an ihrem. Das war es, was sie mit ihren Eltern im ersten Jahr, in dem sie sich kannten, gemacht hatten, und irgendwie war es hängen geblieben.

Die Jahre, in denen Lorena nicht für seinen oder er nicht für ihren Geburtstag hatte da sein können, hatten sie einfach einzeln an der jeweiligen Aktivität teilgenommen und dabei einen Videoanruf geführt. Es war nicht so gut, wie es gemeinsam zu machen, besonders, weil es durch die Zeitverschiebung ein ziemliches Abenteuer zu organisieren war, aber es war immer noch besser, als irgendetwas anderes zu tun.

Jack war entschlossen gewesen, Lorena zu mögen, da sein Vater so glücklich mit ihrer Mutter zu sein schien. Am Anfang war es komisch gewesen, weil sie so viel aufgeschlossener war als er, die ganze Zeit redete und neckte. Aber bald lachte er mit ihr und wurde von einem Gefühl der Zugehörigkeit überwältigt, welches er vorher nicht gekannt hatte.

Einige seiner Freunde fanden es seltsam, dass es ihm tatsächlich Spaß zu machen schien, Zeit mit seiner neuen Schwester zu verbringen, und andere zogen ihn sogar deshalb auf, weil sie auch noch zwei Jahre jünger war. Und später während des Studiums, nun, das war eine vollkommen andere Geschichte.

Natürlich hielt das Jack nicht davon ab, Zeit mit Lorena zu

verbringen. Aber es wäre eine Lüge gewesen zu behaupten, dass es ihre Beziehung nicht belastet hätte. Anders als sie nahm er sich die Meinung anderer zu Herzen. Er hasste es, aber es kümmerte ihn, wie sie ihn sahen, wie sie sie sahen und was sie über ihre Beziehung sagten. Er wollte, dass die Personen, die er als seine Freunde betrachtete, sie mochten oder zumindest nicht auf unangemessene Weise über sie redeten.

Das war einer der Gründe, weshalb er heutzutage sehr genau darauf achtete, wie oft er von ihr sprach und als was er sie bezeichnete. Während seine Freunde wussten, dass er eine Freundin in Amerika hatte, der er relativ nahestand, bezeichnete er sie normalerweise als Kindheitsfreundin.

Jack fühlte sich schrecklich deswegen, aber er war nervös, dass Lorena seine Freunde treffen würde. Oh, er war sich sicher, dass sie sich hervorragend verstehen würden. Seine Freunde würden sie lieben. Aber an einem Punkt würden sie fragen, woher sie sich kannten, und die Sache würde eine Wendung nehmen. Das war immer so. Und doch hoffte er, dass es dieses Mal anders sein würde.

Die Stimmen seiner Freunde, die von der Tür kamen, zwangen Jack dazu aufzustehen und sie zu begrüßen.

„Als du sagtest, dass wir bowlen gehen, dachte ich, du würdest Witze machen", sagte Ava und schaffte es, einen Ton anzuschlagen, der gleichzeitig gesprächig und angewidert klang, als sie ihn auf beide Wangen küsste. „Obwohl, ich nehme an, wenn man von der Menge von Bowling-Shirts ausgeht, die du besitzt, sollte ich es wahrscheinlich nicht sein."

Ava war manchmal ein wenig intensiv, jemand, dessen

Hauptgrund, Anwältin zu werden, die Möglichkeit war, sich in stilvolle Geschäftskleidung zu kleiden und dafür bezahlt zu werden, mit Leuten zu streiten. Dennoch, sie war amüsant und Jack mochte sie, auch wenn er zugeben musste, dass er sich ursprünglich mit ihr angefreundet hatte, weil sie Deans Zwillingsschwester war.

„Man macht keine Witze über Bowling", sagte Dean, die Augen in Richtung seiner Schwester verdrehend, aber er lächelte, als er seinen besten Freund umarmte. „Alles Gute zum Geburtstag, Jack."

Sonya umarmte ihn als Nächstes, ein freundliches Lächeln auf ihrem Gesicht, als sie ihm ebenfalls gratulierte. Obwohl sie mit Dean zusammen war, seit Jack ihn kennengelernt hatte, konnte er nicht behaupten, dass sie sich sonderlich nahestanden. Sie arbeitete lange Schichten im Krankenhaus und zog es oft vor, früh schlafen zu gehen, anstatt den Abend mit ihnen zu verbringen.

„Macht ihr das wirklich jedes Jahr?", fragte Sonya, eine glatte, dunkle Strähne hinter ihr Ohr streichend, und sah sich um. Es war nicht das erste Mal, dass Jack seinen Geburtstag mit seinen Freunden verbrachte, aber er tendierte dazu, sich abends mit ihnen zusammenzusetzen, wenn seine normalen Geburtstagstraditionen abgeschlossen waren. Etwas, was er zwar erwähnt, aber wozu er sie bisher nie eingeladen hatte.

„Wir versuchen es."

„Ich muss gestehen, ich habe noch nie gespielt."

Avas Offenbarung war keine große Überraschung. Abgenutzte Schuhe zu tragen, die dutzende Menschen vor ihr angehabt hatten, und ihre Finger in die Löcher einer Bowlingkugel zu stecken, die für sie schwer zu desinfizieren sein würde, klang nicht wirklich nach etwas, was sie freiwillig tun würde. Aber es gab nichts – absolut gar nichts – was Ava mehr liebte als eine Herausforderung.

„Dann wird es Zeit“, sagte Dean und klatschte die Hände zusammen. „Du solltest sicherstellen, dass deine Schuhe passen, denn ich habe vor zu gewinnen.“

„Freu dich nicht zu früh. Lorena ist diejenige, die es zu schlagen gilt.“

Sie war nah genug gewesen, um ihre Unterhaltung mitzubekommen, und hörte auf, die Kugeln zu durchsuchen, als ihr Name fiel, um zu verkünden: „Ich liege zwei Siege in Bowling vorne und vier insgesamt.“

„Ich glaube, du liegst sogar bei fünf“, gab Jack nachdenklich zu und legte instinktiv seine Hand auf ihren Rücken, als sie sich zu ihnen gesellte, eine rosa Bowlingkugel zwischen den Fingern drehend.

„Das letzte Mal zählt nicht, wir sind nicht einmal fertig geworden.“

„Du lagst so weit vorne, dass das auch nicht notwendig war.“

„Ich hätte die zweite Hälfte vermasseln können“, beharrte Lorena. „Du weißt, ich vermassele die Station mit dem Netz immer.“

Jack seufzte und sah für einen Moment zu Boden, bevor er sich wieder seinen anderen Gästen zuwandte. „Lorena, das sind meine Freunde. Dean, Ava und Sonya.“

„Freut mich.“

„Uns auch“, sagte Ava und zog ihre Augenbrauen eindrucksvoll in Jacks Richtung. Er spürte, wie sich seine Stimmung augenblicklich verschlechterte. Es gab keine Möglichkeit, dass sie ihn später nicht zur Rede stellen würde.

„Nun, ich würde sagen, wir sollten uns Schuhe besorgen.“

Jack beobachtete, wie sie zum Tresen gingen, um ihre Schuhe zu holen, bevor er sich wieder zu Lorena umdrehte, die ihm beruhigend die Schulter drückte, bevor sie zurück zur Bahn ging, offensichtlich noch nicht ganz zufrieden mit der Kugel, die sie für ihn ausgesucht hatte.

„Also, Jungen gegen Mädchen?", schlug Ava vor, als sie alle fertig waren. „Lorena, bist du dabei?"

„Absolut."

Der Blick, den sie Jack zuwarf, war eine Herausforderung. Er schnaubte und schüttelte den Kopf. Sie und Ava in einem Team zu haben könnte sich als eine nicht so gute Sache für Dean und ihn herausstellen, aber er würde es ihr auf keinen Fall leicht machen. „Hast du dich entschieden?"

„Baby-grün."

„Baby-blau."

„Ihr werdet sowas von verlieren", sagte er und tauschte Bowlingkugeln mit ihr.

„Wir werden sowas von gewinnen."

Ihr Starrwettbewerb wurde von Deans Stimme unterbrochen: „Erster Wurf, Jack. Los geht's."

Obwohl Jack Lorena den Sieg nicht einfach hatte machen wollen, stellten sich die Mädchen als unvergleichliches Team heraus. Es wurde sehr schnell offensichtlich, dass Dean und er keine Chance hatten, aber für Jack war der wahre Sieg des Abends, zu sehen, wie seine engsten Freunde sich verstanden und Lorena akzeptierten, als ob sie schon immer dazu gehört hatte.

„Also, Lorena, du bist aus New York?", fragte Sonya.

Nachdem das Spiel beendet war, hatten sie sich in einer der Kabinen bei der Bahn gesetzt und Milchshakes und Pommes bestellt.

„Bin ich, geboren und aufgewachsen."

„Wirklich? Das ist so cool", sagte Ava, die einen roten Lippenstiftabdruck auf ihrem Strohhalm hinterließ. „Ich bin im Herzen ein totales Stadtkind. Ich wollte schon immer einmal dorthin, aber es ist immer etwas dazwischengekommen."

Lorena hatte kein Problem damit, sich Ava dabei vorzustellen, wie sie die Straßen von New York entlang lief, als würden sie ihr gehören. Das war etwas, was sie selbst nie geschafft hatte. Sie kam nahe dran, wenn sie mit ihren Freundinnen durch die Gegend schlenderte, aber sogar dann, war es nicht ganz richtig. Den Gedanken beiseite schiebend, lächelte sie. „Nun, wenn du doch kommst, sag mir Bescheid. Wir können uns treffen."

„Das solltest du vielleicht überdenken, sie ist eine Nervensäge", sagte Dean und parierte lachend den Schlag seiner Schwester.

Sonya, die in der Ecke neben den Zwillingen saß, nahm einen Schluck von ihrem Milchshake und machte die aufmerksame Feststellung: „Wenn du aus New York bist, wie habt ihr euch kennengelernt? Jack hatte erwähnt, ihr seid Kindheitsfreunde."

In diesem Moment war sich Lorena ungewöhnlich bewusst, wie nah Jack neben ihr saß. Entspannt, wie glatt die Dinge bisher gelaufen waren, hatte er seinen Arm um die Lehne ihrer Bank gelegt und seine Finger spielten gedankenverloren mit einer Strähne ihres Haares. Es gab ein kurzes Flackern in ihrem Lächeln, als sie eine Sekunde zögerte, aber ihre Stimme klang normal, als sie antwortete: „Unsere

Eltern waren früher verheiratet."

Es dauerte ein paar Sekunden, bis ihre Worte durchdrangen. Lorena sah, wie sowohl die Augen von Sonya als auch von Ava von ihr zu Jack wanderten, dessen Körper sich leicht neben ihr angespannt hatte und den Blick seines besten Freundes erwiderte.

„Warte kurz..." Ava lehnte sich nach vorne. „Also deine Mutter und dein Vater waren... verheiratet. Also verheiratet, verheiratet?

„Ja, sie waren insgesamt zwei bis drei Jahre zusammen." Jack räusperte sich und wandte sich von Dean zu Ava. „Zwischendurch gab's eine Trennungsphase."

„Meine Mutter ist nach der Scheidung mit mir nach Amerika gezogen und wieder zurück, kurz bevor Jack mit der Uni angefangen hat", fügte Lorena hinzu. „Sie haben sich zufällig wieder getroffen und damit begann der zweite Akt ihrer Liebesgeschichte. Dauerte allerdings nur ein paar Monate."

„Und ihr seid Freunde geblieben", fasste Sonya zusammen und das Lächeln auf ihrem Gesicht schien ehrlich zu sein. „Das ist eigentlich ziemlich süß."

„Danke", sagte Lorena, ihr eigenes Lächeln schwindend. Sie begann die Unbeholfenheit zu spüren, die sich über sie legte, schloss sich aber Sonyas Versuch an, ein Gespräch zu führen. „Wir sehen uns allerdings kaum. Ich bin zum Studium zurück nach Amerika gezogen und dort geblieben."

„Du könntest vielleicht versuchen, ein bisschen weniger schockiert auszusehen", schlug Dean seiner Schwester vor.

„Nun, ich bin geschockt", rief Ava aus. „Ich dachte wirklich, Jack hätte uns seine Freundin vorenthalten. Ihr hättet mich echt überzeugen können, dass ihr heimlich miteinander ausgeht. Er fühlt sich mit niemandem so wohl."

„Nun, jetzt fühle ich mich nicht wohl."

„Tut mir leid", sagte sie in einem sichtbaren Bemühen, ruhiger zu werden. „Ich wollte keine große Sache draus machen. Ich habe das nur... nicht kommen gesehen."

„Wir kennen uns seit 18 Jahren", merkte Lorena an. „Ich denke, man kann sagen, dass wir uns relativ nahestehen."

„Und ich kann euch nicht mal verurteilen, weil ich ständig freiwillig mit diesem Kerl abhänge", meinte Ava, mit dem Daumen auf ihren Bruder deutend.

„Das ist wahr, auch wenn ich hätte schwören können, dass du zu mir mal gesagt hast, dass du es nicht abwarten könntest, mich endlich los zu sein. Tatsächlich glaube ich, du hast mir das mehr als nur einmal gesagt."

„Als wir Kinder waren." Ava verdrehte die Augen. „Wer hätte wissen können, dass du so nachtragend bist?"


„Das lief doch gut, meinst du nicht?", wollte Lorena wissen, als sie ihren Arm bei seinem unterhakte. Die Bowlinghalle hatten sie auf ihrem Weg zu seiner Wohnung hinter sich gelassen.

„Doch", stimmte Jack zu. Nach einer kurzen Diskussion über ihre Beziehung hatten sie das Thema gewechselt und eine weitere Stunde redend und lachend miteinander verbracht, bevor sie beschlossen hatten, dass es langsam spät wurde. Er versuchte gar nicht erst, das Lächeln auf seinem Gesicht zu verstecken.

Es gab einen kleinen Stoß in seine Seite.

„Ich hab's dir doch gesagt."

Das Lächeln wurde breiter und er zog seinen Arm aus ihrem, um ihn stattdessen um ihre Schultern zu legen.

„Hast du."

Sie gingen in kameradschaftlichem Schweigen weiter. Lorena ließ ihren Kopf gegen seine Schulter fallen und er drehte den Kopf, den Duft ihres Shampoos einatmend, als er sie dichter an sich zog. Eine Welle von Zufriedenheit überkam ihn. Anstatt das Kribbeln in seiner Brust zu unterdrücken, ließ er es zu.

„Weißt du", begann Lorena irgendwann, als sie an einer Ampel stehen blieben. Es war kein einziges Auto in Sicht. Jack wäre vermutlich weitergegangen, aber er wusste, dass sie eine andere Meinung in Bezug auf Sicherheit im Straßenverkehr hatte und da anzuhalten bedeutete, dass er sie ein paar Momente länger im Arm halten konnte, beschwerte er sich nicht. „Mich stört die Verkehrssache nicht, wenn ich im Auto sitze, aber es ist verwirrend mit der richtigen Seite des Gehwegs."

„Niemand achtet darauf, wer auf der richtigen Seite des *Bürgersteiges* läuft", widersprach Jack, die Betonung auf das vorletzte Wort legend. Aus dem Augenwinkel konnte er ihre Lippen zucken sehen. „Du musst zugeben, es ist das schönere Wort."

„Es ist ein *Weg* und wir *gehen* darauf. Daher ist es ein *Gehweg*", erwiderte Lorena. „Es ist beschreibend. Und praktisch."

Die Argumente fühlten sich vertauscht an und Jack schnaubte, als eine Erinnerung in seinem Kopf auftauchte. „Das erinnert mich an die Zeit, wo wir Präsentationen erstellt und unsere Eltern haben abstimmen lassen, ob das britisch- oder amerikanisch-englische Wort das überlegene ist.“

„Oh, Gott.“

„Ich denke, ich habe die Liste noch irgendwo.“

Mit seiner freien Hand strich er eine Haarsträhne aus ihrem Gesicht.

„Und ich denke, wir hatten tatsächlich ein Unentschieden in der... Gehweg-Sache.“

Lorenas Atem stockte, als seine Finger versehentlich ihre Wange streiften. Jack war sich bewusst, dass das Schlauste wäre, seine Hand sinken zu lassen, doch er zögerte. Sein Herz schlug mit jeder Sekunde lauter, die er seinen Daumen die weiche Haut von ihrer Wange bis über die Unterseite ihrer Lippe nachzeichnen ließ. Alles, was er wollte, was sich vorzulehnen und sie zu küssen.

Die Ampel schaltete auf Grün, der begleitende Piepton weckte Jack aus seiner Trance. Er räusperte sich und ließ seine Hand sinken, ohne sie anzusehen. „Es ist grün.“

Die Worte hatten kaum seinen Mund verlassen, als die Farbe zurück zu Rot wechselte.

„Lass uns einfach gehen“, schlug Lorena leise vor und begann zu laufen. Sein Arm rutschte von ihrer Schulter.

# 3

Die Anzahl an Menschen, die an normalen Tagen verreisten, beeindruckte Jack wie jedes Mal aufs Neue, als er neben Lorena in der Flughafenhalle stand und damit konfrontiert war, sich verabschieden zu müssen, obwohl er sich wünschte, sie würde bleiben. Das Geständnis war ein natürlicher und beunruhigender Gedanke zugleich, wovon er keinen wirklich genauer analysieren wollte.

Nachdem sie die Bowlinghalle gestern verlassen hatten, hatten sie vor dem Schlafengehen nicht mehr viel miteinander gesprochen und Jack wurde von dem Gefühl überwältigt, dass sie sich voneinander entfernten. Wenn sie videochatteten oder telefonierten, war es einfach genug, diese Gefühle zu ignorieren, denn natürlich fühlte er sich entfernt von ihr, wenn sie weit weg wohnte und dort ein Leben parallel zu seinem eigenen führte. Aber in den letzten Jahren, wann immer sie sich sahen, war es früher oder später offensichtlich geworden, dass die Dinge, egal wie sehr sie sich bemühten, sich eines Tages wenden würden, und es nichts gab, was er dagegen tun konnte.

Jack blickte zu Lorena, die, trotz der frühen Stunde, aussah, als wollte sie auf einen Frühlingsspaziergang gehen, anstatt auf eine mehrstündige Flugreise. Ohne aufzusehen, überprüfte sie auf ihrem Handy die Informationen zu ihrem Flug. Sie runzelte die Stirn in einem nachdenklichen Ausdruck, den er sich so gut eingeprägt hatte wie jedes andere Detail an ihr. Die Vertraulichkeit überkam ihn auf diese leicht schmerzhafte Weise, die ihm in letzter Zeit zu bekannt vorkam.

Als Jack an diesem Morgen aufgestanden war, war die andere Seite des Bettes kalt gewesen und das Geräusch der laufenden Dusche aus dem anliegenden Raum gekommen. Er hatte versucht, die Stimmung vom Vortag abzuschütteln, wohl wissend, dass er es bereuen würde, wenn sie die letzten paar Stunden miteinander in komischer Anspannung verbringen würden. Nicht, dass er sich darum hätte Gedanken machen müssen. Als Lorena zu ihm in die Küche getreten war, setzte sie sich und nachdem sie den Teebeutel aus ihrer Tasse genommen hatte, sah sie ihn an und griff nach seiner Hand, um sie zu drücken. Jack erwiderte die Geste, etwas sicherer, als er sich Momente vorher gefühlt hatte.

Die Fahrt zurück zum Londoner Flughafen verbrachten sie in angenehmer Stille. Als die Zeit kam, wo Jack sich verabschieden musste, zog er sie in eine Umarmung. Er schloss die Augen und hielt sie fest. Sich ein wenig zurückziehend, versuchte er zu lächeln, als er ihr eine Haarsträhne aus dem Gesicht strich und sein Daumen dabei ihre Wange streifen ließ. Er hasste es, sie gehen zu sehen.

„Wir sehen uns bald?“

„Natürlich.“

Sie umarmten sich nicht noch einmal, und als sie sich zum Gehen abwandte, spürte er, wie sein Herz brach, die Gefühle des Bedauerns bereits an ihm zerrend. Dem Drang widerstehend, nach vorne zu treten, ihren Arm zu greifen und sie zum Bleiben zu bewegen, blieben seine Füße auf dem Boden verankert. Er winkte zum Abschied, als sie sich ein letztes Mal umdrehte, halbherzig und nicht überzeugend lächelnd, bevor sie wieder aus seinem Leben verschwand.

# 4



*5 Jahre früher*

Jack beobachtete mit einer Mischung aus Erheiterung und Skepsis, wie Lorena ihr Schnapsglas in einem Zug leerte und dem Barkeeper signalisierte, ihr nachzuschenken.

„Nur weil du jetzt Alkohol trinken darfst, musst du es nicht übertreiben."

„Du hast doch nur Angst, ich könnte dich unter den Tisch trinken." Sie ignorierte das schnaubende Geräusch, das er von sich gab, und setzte sich ein wenig aufrechter hin, das Glas zum Anstoßen erhoben. „Ich werde nur einmal 21."

„Darauf trinke ich", sagte Jack, in ihr Lachen einstimmend, als sie ihre Gläser aneinander stießen, bevor sie sie in einem Schluck leerten.

Jack verzog das Gesicht und presste seine Finger auf seinen Mund, während Lorena ihren Kopf schüttelte, als würde sie dadurch den bitteren Geschmack loswerden. Ihre Augen trafen sich.

„Gehen wir eine Runde spazieren?"

„Gute Idee."

Jack half Lorena in ihre Jacke und öffnete die Tür für sie, als sie die Bar verließen.

„Ich muss zugeben, ich bin überrascht, dass du keine große Party geschmissen hast."

„Du bist den ganzen Weg für ein Wochenende hierher geflogen, nur um an meinem Geburtstag da zu sein. Da schmeiße ich doch keine Party, wo ich die ganze Zeit irgendwelche Leute bemuttern muss."

„Ich fühle mich geschmeichelt."

Nun war es an Lorena zu schnauben und Jack spürte, wie sich seine Mundwinkel nach oben zogen. Sie liefen schweigend weiter und Lorena zog ihre Jacke dichter vor der Brust zusammen, die Augen nach vorne gerichtet.

„Ich vermisse dich."

Die Worte selbst waren wahrscheinlich wenig überraschend, aber sie fühlten sich an wie ein Geständnis zu Gefühlen, von denen sie nicht wusste, wie sie sie benennen sollte.

„Ich vermisse dich auch."

Lorena spähte zu ihm hoch, und als sich ihre Augen trafen, schien es ihr für einen Augenblick so, als würde Jack darüber nachdenken, sie zu küssen. Doch dann wandte er den Blick ab und räusperte sich: „Wir sollten uns öfter sehen."

Lorena versuchte ihre verwirrten Gefühle zu ordnen, aber es fiel ihr schwer, das kribbelnde Gefühl in ihrer Brust aus ihrem Körper zu verbannen. „Nun, ich schätze, es ist gut, dass ich auch bald mit der Uni fertig bin."

„Du hast immer noch ein Jahr vor dir."

Und so fuhren die Unterhaltung und ihre beiden Leben fort, als hätte es diesen Moment niemals gegeben.

**5**

Nach fast acht Stunden im Flugzeug landete Lorena am frühen Abend Ortszeit in New York. Es brauchte sie fast zwei weitere Stunden, um ihren Koffer zu bekommen, ins Taxi zu steigen und ihre Wohnung zu erreichen. Den Koffer durch die Tür rollend, bemerkte sie, dass ihr Handy in der Handtasche zu klingeln begonnen hatte.

„Hast du es gut nach Hause geschafft?"

Jacks Gesicht tauchte auf dem Bildschirm auf. Seine Haare waren zerzaust, als wenn er bereits halb geschlafen hätte, und bei dem Anblick setzte Lorenas Herz einen Schlag aus.

„Ja", sagte sie, an die fünfstündige Zeitverschiebung zwischen Oxford und New York denkend. „Kein Grund anzurufen, du solltest schlafen."

„Tue ich schon ein wenig."

Lorena lächelte sanft. „Geh schlafen, wir reden morgen."

„Nacht, Lorena."

„Nacht, Jack."

Der Anruf brach ab. Obwohl sie sich bereits heute verabschiedet hatten, fühlte es sich an, als würde sie noch einmal loslassen. Lorena merkte, wie ihr Lächeln erlosch, als sie auf ihr Sofa sank.

Vielleicht war loslassen nicht das richtige Wort. Vielleicht war es mehr das Gefühl, dass der Ort, an dem sie wohnte, nicht ihr Zuhause war und sich auch nie so anfühlen würde, nicht auf die Weise, wie Jacks Zuhause es tat. Es war nicht einmal ihre Wohnung an sich. Die Wohnung sah gut aus, obwohl modern und minimalistisch immer mehr der Stil ihrer Mutter gewesen war, den sie nur übernommen

hatte, weil er einfach zu pflegen war. Lorena hatte Jacks zusammen-
gewürfelte Wohnung immer bevorzugt.

Einsam. Sie war einsam. Nicht allein, natürlich. Es war nicht so,
dass Lorena keine Freunde hatte. Sie hatte eine enge Freundesgruppe
aus ihrer Studienzeit behalten, mit der sie regelmäßig etwas trinken
ging, und sie verstand sich großartig mit ihren Kollegen auf der
Arbeit. Aber am Ende des Tages war Jack die Person, der sie sich am
nächsten fühlte, trotz der Entfernung. Und mit jedem Mal, wo sie ihn
wieder verlassen musste, spürte sie, wie ein Teil von ihr verblasste.

Obwohl alles in ihr sich danach sehnte, den Abend zuhause zu
verbringen und in ihren eigenen negativen Gedanken zu versinken,
sobald sie die Nachricht in ihrer Gruppe las, ob sie heute Abend
zusammen etwas trinken gehen wollte, zögerte sie nur kurz, bevor sie
zusagte. Ein wenig den Kopf freizubekommen, erschien ihr eine gute
Idee zu sein.


„Tut mir leid, Leute", sagte Jenn, als sie ihren Regelmantel
abstreifte. „Ich habe meine U-Bahn verpasst."

„Sogar Lorena hat es geschafft, pünktlich zu sein, und sie ist gerade
erst vor ein paar Stunden eingeflogen", bemerkte Francis, rutschte
aber dennoch ein Stück auf der Bank, um für sie Platz zu machen.

„Hat es so sehr geregnet wie hier?"

Lorena lachte. „Es war okay."

Sie hatte Jenn, Francis und Barb in ihrem ersten Studienjahr
kennengelernt, als sie dem gleichen Schlafraum im Wohnheim
zugeteilt worden waren, und irgendwie hatten sie seitdem zusammen
gehalten. Obwohl das Leben sie in unterschiedliche Richtungen

geführt hatte, kamen sie immer wieder zusammen.

„Hier." Barb schob ein Glas zu Jenn. „Wir haben schon für dich bestellt."

„Danke, B", sagte sie, sich eine nasse blonde Strähne aus dem Gesicht streichend.

Bis auf Lorena hatten sie alle Kosenamen – Jenn für Jennifer, Barb oder B für Barbara, Fran für Francis – aber keiner von denen, die sie sich für Lorena ausgedacht hatten, war je hängen geblieben.

„Nun." Barb hob ihr Glas. „Auf uns!"

„Auf uns!"

Die Gläser klirrten aneinander und die Mädchen begannen zu kichern, als Jenn sich an ihrem Getränk verschluckte und die Hälfte davon wieder ausspuckte. „Das ist nicht witzig!"

„Es ist ein wenig witzig."

„Also, wie geht es Jack?", fragte Francis, nachdem sie Jenn eine Serviette gereicht hatte. „Es war sein Geburtstag, richtig?"

„Es geht ihm gut", sagte Lorena und lenkte ihre Aufmerksamkeit von Jenn zu Francis. „Wir waren mit seinen Freunden beim Bowling. Ich bin Freitagabend geflogen."

„Und du bist heute zurückgekommen? Das ist nicht lange."

„Nun, ich muss zur Arbeit."

„Schon, aber... ich verstehe nicht, warum du dir keine Woche oder so frei nimmst, um ihn zu sehen", meinte Jenn. „Nur Kurztrips zu machen, muss für euch beide anstrengend sein."

„Das habe ich gemacht."

Es war jedoch eine Weile her, und wenn sie darüber nachdachte, konnte sie sich nur daran erinnern, wie sich die Dauer ihrer jeweiligen

Besuche mit den Jahren verringert hatte, während die Abstände dazwischen länger wurden.

Es war nicht so, dass sie sich mit ihren freien Tagen nicht absprechen konnten. Das Problem war, dass es mit jedem Mal, dass sie sich sahen, schwerer wurde, wieder zu gehen.

Aus dem Augenwinkel konnte Lorena sehen, wie Barb Jenn unauffällig signalisierte, das Thema fallen zu lassen, während Francis Blick nicht ganz so freundlich war. Sie meinten es gut, sie alle, aber Lorena war trotzdem erleichtert, als Jenn nachgab, nach ihrem Glas griff, um einen Schluck zu trinken, und die Angelegenheit nicht weiterverfolgte.

„Wie auch immer“, sagte Barb. „Habe ich euch von der neuesten Teambuilding-Idee erzählt, die sich mein Idiot von Chef ausgedacht hat?“

Lorena war dankbar für den Themenwechsel und lachte mit den anderen mit, als Barb anfing die Geschichte auf ihre lebhafte Weise zu erzählen, aber ihre Gedanken schweiften ab zu dem erstem Anlass, zu dem ihre Freundinnen Jack getroffen hatten, damals in ihrem dritten Jahr an der Uni, als er zu ihrem 21. Geburtstag gekommen war. Die Mädchen hatten mit ihr ausgehen wollen, aber sie hatte abgelehnt, egal wie oft sie es anboten. Lorena hatte Jack über die Zeit mehrfach erwähnt und ihren Freundinnen damit Anlässe und Gründe für Spekulationen geliefert. Sie neckten sie, alle waren sich sicher, dass sie füreinander schwärmten. Lorena dachte nicht gerne im Detail an ihren Besuch an Jacks Uni. Vermutlich hätten sie die Bemerkungen in dem Kontext mehr stören sollen, aber sie schenkte ihnen kaum Beachtung. Es war nicht, bis sie an diesem Abend nach

Hause kam, dass sie ihren Freundinnen endlich erzählte, wie sie zueinander standen, und erstickte die romantischen Vermutungen mit der Wahrheit. Von da an ließen sie das Thema ruhen. Es war nicht komisch in dem Sinn, dass sie sie missachteten, wie Jacks Uni-Freunde, aber Blicke wurden getauscht, wann auch immer er erwähnt wurde. Lorena hatte den Versuch, diese Blicke zu interpretieren, längst aufgegeben und angefangen, das Thema zu vermeiden, wenn sie nicht direkt darauf angesprochen wurde.

„Lorena?"

Sie blinzelte, aus ihren Gedanken gerissen. „Mhm?"

Barb sah so aus, als wollte sie etwas sagen, aber am Ende entschied sie sich für: „Ist alles in Ordnung?"

Das Problem war nicht, dass Lorena gedacht hatte, dass Jack sie küssen würde. Das Problem war, dass sie es gewollt hatte. Tat sie immer noch.

„Ja", sagte sie, ihr Glas an die Lippen hebend, und lächelte. „Natürlich."

# 6



*8 Jahre früher*

Dieses ganze Chaos begann in Jacks zweitem Studienjahr. Sein Vater und Lorenas Mutter hatten sich vor etwas über einem Jahr wieder getrennt und er hatte sie seitdem nicht mehr gesehen. Zu Anlässen wie Geburtstagen oder Feiertagen hatten sie sich geschrieben, aber sonst keine Anstalten gemacht, die Freundschaft, die sie als Kinder hatten, wiederaufleben zu lassen. Jack saß an seinem Schreibtisch und schrieb an einem Aufsatz, als sein Handy piepte. Als er einen Blick auf das Display warf, leuchtete Lorenas Name auf.

*Meine Mutter hat sich gerade mit Stiefvater Nummer Fünf verlobt.*

Jack zog die Augenbrauen hoch, als er eine Antwort tippte.

*Im Ernst?*

Die Antwort kam sofort.

*Ja – sie haben sich bei einem Firmenessen vor ein paar Monaten kennengelernt.*

In Bezug auf Liebe und Ehe war Lorenas Mutter ein noch größerer Joker als Jacks Vater, der dreimal in den 20 Jahren, die Jack lebte, geheiratet hatte.

*Ich dachte, sie ist bei Ehemann Nummer Vier?*

*Ist sie,* lautete die Antwort. *Hast du eine Minute?*

Für einen Augenblick zögerte Jack. Die Uhr las 22.03 Uhr.

*Klar.*

Sein Handy begann ein paar Sekunden später zu klingen. Obwohl Jack nach dem Telefonat wusste, dass nach Ehemann Nummer Drei, seinem Vater, Lorenas Mutter mit Stiefvater Nummer Vier fast zwei Jahre zusammen und verlobt gewesen war, bevor deren Trennung den erneuten Umzug nach England ausgelöst hatte und somit den nächsten Ehemann zu Stiefvater Nummer Fünf machte, war es nicht das, woran er sich erinnerte. Woran er sich erinnerte, war ihr Lachen, wie wohl er sich mit ihr fühlte und wie sehr er beides vermisst hatte. Er war ebenfalls überrascht zu lernen, dass Lorenas Mutter nach der erneuten Trennung von seinem Vater mit ihr nicht zurück in die USA gezogen war, sondern entschieden hatte bis zu Lorenas Schulabschluss in London zu wohnen.

Am nächsten Tag, während einer seiner Vorlesungen, schrieb er: *Ich glaube, mein Professor hält sich für eine Art Beethoven im Programmieren.*

Kurz nachdem die Vorlesung vorbei war, zeigte sein Handy eine neue Nachricht an: *Definiere.*

Von da an ging ihre Unterhaltung einfach immer weiter.

## 7

Jack und sein Vater saßen auf der Terrasse seines kleinen Landanwesens, das Sonnenlicht durch die Balken der Überdachung brechend, die von allen Arten von Pflanzen und Blumen umrankt war, von denen weder Jack noch Soraya, zukünftige Stiefmutter Nummer Drei, sich je an die Namen erinnern konnten.

„Soraya hat mir ein Tränendes Herz geschenkt", sagte Jacks Vater, zu einer Topfpflanze nickend, die am Ende der Terrasse stand, und begann zu schmunzeln, als er sich auf seinem Stuhl zurücklehnte. „Sie sagte, die Pflanze sah hübsch genug aus, und als ich ihr von dem Namen erzählt habe, meinte sie, dass man auch vor Freude weinen könnte, wenn ich schon eine Art Bedeutung darin finden müsse."

Das erste Mal, als Jack Soraya getroffen hatte, hatten sie ebenfalls hier gesessen, sein Vater darin aufgehend von seinem neusten Gartenzuwachs zu erzählen, so wie er es immer tat, wenn jemand zu Besuch war. Jack hatte einen Blick zu Soraya geworfen, einer Frau in einem Business-Kleid mit perfekt gelockten dunklen Haaren, die seinem Vater auf die gleiche geduldige Weise zuhörte, wie Jack es auch tat – mit Wertschätzung für seine Leidenschaft, aber mit der Information in ein Ohr rein und aus dem anderen raus gehend. Sie hatte Jacks Blick erwidert, eine Art Verständnis zwischen ihnen aufleuchtend, bevor sie sich wieder hatte abwenden müssen, um mit etwas übereinzustimmen, was ihr Freund gerade über die Topfpflanze neben der Terrassentür gesagt hatte, sie aber kaum gehört hatte. „Ja, wundervoll, Liebling." Der zweifelnde Blick, den Ted ihr daraufhin zugeworfen hatte, hatte sie zum Lachen gebracht und sie hatte seine

Schulter beruhigend getätschelt. „Ist sie wirklich, aber ich verstehe nicht mal die Hälfte von dem, was du sagst. Aber ich bin glücklich, dass du glücklich bist." Ein Hauch von Humor war in ihrer Stimme zu hören gewesen, aber sie hatte es ehrlich gemeint und Jack hatte gewusst, dass sie die Eine für seinen Vater sein musste.

Seine Gedanken wurden von der Stimme seines Vaters unterbrochen, der sich nach seinem Geburtstag erkundigte.

„Es war gut."

„Wie lange ist Lorena geblieben?"

Während Jack es nie wirklich geschafft hatte, eine Bindung zu Lorenas Mutter aufzubauen, hatten sich Lorena und sein Vater sofort verstanden, was vermutlich etwas damit zu tun hatte, wie selbstverständlich sie Ted willkommen geheißen hatte, die Vaterrolle in ihrem Leben zu spielen.

„Nur das Wochenende", sagte Jack, auf seinem Platz hin und her rutschend. „Sie musste zurück zur Arbeit. Ich soll dich von ihr grüßen und dir gratulieren. Sie war ein wenig traurig, dich nicht gesehen zu haben."

„Sag ihr danke von mir. Ich hätte sie auch gerne gesehen, es ist wirklich zu lange her", seufzte Ted, ehrlich betrübt. „Tatsächlich ist das etwas, über das ich mit dir sprechen wollte."

„Okay?"

„Ich hatte mir überlegt, dass sie deine Begleitung zur Hochzeit sein könnte."

Jack war nicht wirklich, was man als konservativ attraktiv bezeichnen würde. Er war immer der große, schlaksige Typ gewesen, mit einem langen Kopf, der eigentlich gar nicht so lang war, sondern nur so aussah, weil seine Augen so dicht beisammen lagen. Es hatte ihn Jahre gebraucht, um einen Haarschnitt zu finden, der an ihm gut aussah und seine leicht abstehenden Ohren nicht betonte. Immerhin hatte seine Zahnspange seinen Job getan.

Jack kannte Lorena länger als sein halbes Leben und natürlich standen sie sich sehr nahe. Er fühlte sich mit ihr auf eine Art und Weise wohl, wie er es bei keinem anderen Menschen tat. Die lockere Art, wie er mit ihr sprach, die körperlichen Zeichen der Zuneigung, die er ihr gegenüber zeigte – beides Dinge, in denen er sonst nicht besonders gut war – bemerkte er bei ihr nicht mehr.

Vom Aussehen würde niemand Lorena und ihn für ein Paar halten, aber wenn sie direkt nebeneinander standen, schien es der selbstverständlichste Gedanke zu sein. Jack war sich dessen bewusst. Er wusste, dass Lorena sich dessen bewusst war und irgendwie, als er über den Tisch hinwegsah, kam er zu dem Schluss, dass sein Vater sich dessen ebenfalls bewusst war.

„Ich bin mir nicht sicher, ob ich sie fragen kann, einzufliegen“, sagte Jack schließlich.

Aber natürlich konnte er, das wussten sie beide. So wie sie wussten, dass sie kommen würde, sollte er tatsächlich fragen.

„Denk einfach drüber nach“, sagte sein Vater.

„Wäre das nicht komisch für Soraya?“

„Wir sprechen von Lorena, nicht ihrer Mutter.“ Er stellte seine Teetasse ab. „Und sie ist deine beste und älteste Freundin, oder?“

Jack wurde eine Antwort erspart, weil die Aufmerksamkeit seines Vaters durch Soraya abgelenkt wurde, die den Garten durch die Seitentür betrat.

„Ah, da ist sie ja!“

„Worüber redet ihr zwei?“, fragte Soraya, eine Hand auf die Schulter ihres Verlobten legend.

„Die Hochzeit, tatsächlich“, sagte Ted und antwortete auf die Intimität, indem er sie in einer einarmigen Umarmung zu sich zog. „Ich habe Jack gerade gesagt, dass er Lorena als seine Begleitung mitbringen soll.“

Soraya wandte ihre Aufmerksamkeit ihm zu. „Ich wusste nicht, dass du eine Freundin hast.“

Jack starrte seinen Vater eine Sekunde lang an, bevor er sich räusperte.

„Sie ist meine beste Freundin“, verbesserte er. „Sie lebt allerdings in den USA.“

„Oh, das ist schade. Meinst du, sie würde einfliegen?“

„Wahrscheinlich.“

„Jack ist nur zögerlich, weil Lorena die Tochter meiner dritten Ehefrau ist und er dich nicht aufregen möchte“, sagte sein Vater, den Blick ignorierend, den Jack ihm zuwarf.

„Nun, das ist sehr rücksichtsvoll von dir, Jack“, lenkte Soraya ein, ziemlich genau das sagend, was er von ihr erwartet hatte, „aber nicht notwendig.“


Während Lorena noch ihre Bürokleidung trug, da sie gerade erst von der Arbeit gekommen war, trug Jack bereits seinen Schlafanzug und die Küche wurde nur durch den Bildschirm seines Laptops und das Licht über dem Herd beleuchtet.

„Wolltest du dich nicht heute mit deinem Vater treffen?“, fragte

Lorena nach ein paar Minuten der Unterhaltung.

„Wollte ich. Wir haben hauptsächlich über die Hochzeit gesprochen."

„Die ist schon in ein paar Wochen, richtig?"

„Drei", bestätigte Jack. Das Geständnis machte ihn nur noch nervöser wegen dem, was er als Nächstes sagen würde. „Apropos... Ich hatte mich gefragt, ob du erwägen würdest zu kommen?"

Lorena hörte auf, ihre Küchenschränke zu durchwühlen. „Zur Hochzeit?"

„Dad hatte vorgeschlagen, dass du meine Begleitung sein könntest. Er würde dich wirklich gerne sehen... und uns verkuppeln."

Lorena hielt einen Moment inne. „Nun, was hältst du davon?"

Jack zögerte ebenfalls, bevor er sich für die weniger komplizierte Auslegung der Frage entschied. „Ich würde dich natürlich gerne sehen. Es ist kein Problem für Soraya. Wir haben sie gefragt und sie ist vollkommen okay damit."

Der Ausdruck in ihrem Gesicht war schwer zu lesen. Es machte ihn unruhig und löste den Gedanken aus, dass sie sich entscheiden könnte, nicht zu kommen.

„Also?", fragte Jack und hasste, wie kindisch erwartungsvoll er dabei klang. „Was sagst du?"

„Nun, ja", lachte sie, die Augen verdrehend. „Offensichtlich. Ich muss aber sehen, ob ich frei bekommen kann."

„Klar. Die Hochzeit ist an einem Freitag. Vielleicht könntest du ein paar Tage früher kommen, um es ein bisschen weniger hektisch zu machen?"

Als Trauzeuge würde Jack mit den Vorbereitungen helfen müssen, aber die Idee, Lorena mehr als nur ein oder zwei Tage um sich zu haben, selbst zwischen all dem Hochzeitschaos, war ein willkommener Gedanke.

„Klingt gut“, stimmte sie zu, sich vom Bildschirm zurücklehnend, um ihr Abendessen weiter vorzubereiten. „Ich werde gucken, ob ich die Woche frei bekomme. Ansonsten arbeite ich einfach mobil.“

Sie blieben noch ein paar Minuten länger im Anruf, bevor Lorena mit dem Kochen fertig wurde und Jack ins Bett ging, da er morgen früh aufstehen musste. Nachdem er unter die Decke gekrabbelt war, lag er wach, an die Decke starrend, und versuchte seine Gedanken zu ordnen.

# 8

*8 Jahre früher*

Lorena verspürte keine besonders große Vorfreude auf den Abschlussball, aber ihren Freundinnen zuliebe war sie trotzdem mit Kleider kaufen gegangen. Sie hatten sie mit offenen Armen in ihrer Freundesgruppe willkommen geheißcn und sie hatte für gewöhnlich viel Spaß mit ihnen, doch sie konnte sich nicht dazu bringen, ihre Begeisterung wegen des Balls zu teilen. Es war seltsam, denn sie mochte es hübsche Kleider zu tragen, und war zu jedem Tanz an ihrer amerikanischen Schule gegangen. Vielleicht lag es daran, dass sie keine Begleitung hatte, aber auch das hatte sie bisher nie gestört. Ehrlich gesagt, bevorzugte sie es sogar so – nur sie und ihre Freundinnen, ohne Zwang den ganzen Abend höflich zu jemandem sein zu müssen, mit dem man normalerweise keine Zeit verbrachte.

„Mir gefällt es", sagte Jack ehrlich, als sie ihm das Kleid später an dem Tag während ihres Videoanrufes zeigte. „Freust du dich schon?"

„Weiß ich nicht. Meine Freundinnen tun es."

„Gehst du mit ihnen zusammen?"

„Ja, obwohl...", sie zögerte, dann ließ sie die Frage ihre Lippen verlassen, bevor sie einen Rückzieher machen konnte. „Ich hatte mich gefragt, ob du vielleicht mit mir gehen wollen würdest?" Die Worte überraschten ihn und wurden mit Schweigen beantwortet. „Ich meine, der Ball ist an einem Freitag. Ich dachte, du könntest vielleicht übers Wochenende nach London kommen?"

Seit Jack mit der Uni angefangen hatte, hatten sie sich kaum getroffen. Sie hatten erst vor ein paar Monaten angefangen, wieder regelmäßig miteinander zu sprechen, und zwischen Schule und Prüfungen hatte Lorena es nur zweimal geschafft, sich mit Jack zu treffen. Und jetzt war sie selbst kurz davor, zur Uni zu gehen. Ein Studium in Amerika war die offensichtliche Wahl gewesen. Ihre Mutter zog zurück, Lorena hatte den Großteil ihres Lebens dort verbracht und sich deshalb ihr Leben immer dort vorgestellt. Nun, sie war ganz zufrieden damit gewesen, sich ihr Leben in Oxford vorzustellen, damals, als ihre Mutter und Jacks Vater noch zusammen waren, aber das war eine lange Zeit her. Jetzt fühlte sie sich, als wäre ihre Schule zu formal und nicht ganz richtig für sie.

Vielleicht lag es daran, dass Lorena sich so gern an ihre Kindheit erinnerte, dass es dem Vergleich nicht standhalten konnte. Doch sie dachte lieber, dass es an den Unterschieden in den britischen und amerikanischen Schulen lag, daran, wie ermüdend es war, jedes Mal neue Freunde zu finden, wenn ihre Mutter spontan beschloss, mit ihr umzuziehen, und natürlich daran, dass ihr der beste Freund fehlte, mit dem sie zur Schule laufen und die Pausen verbringen konnte. Sie kannte Jack so gut, selbst nach den Jahren, die sie getrennt gewesen waren. Sie hatte an der Zeit, die er brauchte, um zu antworten und dem Ausdruck in seinem Gesicht erkennen können, dass er darüber nachdachte, wie er am besten ablehnen sollte.

„Du solltest dich mit deinen Freunden amüsieren", sagte er schließlich. „Es ist deine letzte große Veranstaltung mit ihnen."

„Also sehen wir uns gar nicht mehr, bevor ich nach Amerika gehe?", fragte Lorena, unfähig, ihre Enttäuschung vollständig zu verstecken.

„Natürlich tun wir das", versicherte Jack ihr und lehnte sich näher an den Bildschirm. „Nur ohne Tanzen, Anzug und den ganzen Kram.“

In dem Moment hasste sie, dass er sie zum Lachen brachte, obwohl sie weinen wollte.

# 9

Rückblickend wunderte Lorena sich manchmal, was geschehen wäre, wenn sie Jack damals gesagt hätte, wie sehr sie wollte, dass er da war. Wie sehr sie wollte, dass er ein Teil von diesem Tag und jedem anderen wichtigen Ereignis in ihrem Leben war, weil er eine so wichtige Person für sie war. Sie wunderte sich ebenfalls, ob er es erwogen hatte, zu kommen. Und ob, wenn er es getan hätte, ihre Beziehung eine ganz andere Richtung genommen hätte. So wie sie Jack kannte, war genau das der Grund gewesen, warum er ihr abgesagt hatte.

„Woran denkst du?"

Sie hob ihren Kopf, um Francis zu sehen, die sie über die Kleiderstange hinweg ansah. Ihre Freundin hatte angeboten, sie zum Kleid kaufen zu begleiten, da sie für die Hochzeit einer Cousine ebenfalls eines brauchte.

Lorena öffnete den Mund und schloss ihn wieder, überlegend, was sie ihr erzählen sollte. Schließlich atmete sie tief ein und sagte: „Ich hatte mich auf einen Job in unserer Londoner Firma beworben. Vor ein paar Wochen."

Francis zog die Augenbrauen hoch, aber wie erwartet, fragte sie nicht nach dem Grund.

„Hast du ihn bekommen?"

„Ja."

Die Bestätigung war diesen Morgen gekommen.

„Herzlichen Glückwunsch!", sagte ihre Freundin, ehrlich aufgeregt für sie aussehend.

„Danke.“

„Das ist großartig!“

„Ist es.“

Lorena versuchte ihre Stimme glücklich klingen zu lassen, aber sie traf nicht ganz den Ton. Es war nicht unwahr – es war großartig. Sie hätte sich nicht die Mühe gemacht, sich zu bewerben, hätte die Idee ihr nicht zugesagt. Doch seit sie heute Morgen den Anruf bekommen hatte, konnte sie sich nicht dazu bringen, die Begeisterung zu fühlen, von der sie dachte, dass sie sie fühlen würde.

„So siehst du aber nicht aus“, beobachtete Francis vorsichtig und versuchte ihren Blick aufzufangen. „Ich hätte gedacht, du würdest dich mehr darüber freuen.“

„Dachte ich auch“, gestand Lorena. Sie konnte sehen, dass Francis auf eine Erklärung wartete. „Ich... habe Jack nichts davon erzählt.“

„Nun“, sagte Francis nach einem Moment, griff über die Kleiderstange nach ihrer Hand und drückte sie. „Ich bin trotzdem stolz auf dich. Und sobald wir ein Kleid haben, gehen wir was trinken und feiern das, okay?“

„Okay“, stimmte Lorena mit einem Anflug eines Lächelns zu. „Ich probiere das hier an.“

Obwohl sie es mochte, gut auszusehen und shoppen zu gehen, an manchen Tagen fühlte Lorena sich nicht danach, etwas Schickes anzuziehen. In dem Augenblick, in dem sie den Reißverschluss des grünen Kleides schloss und sich zu dem Spiegel in der Kabine umdrehte, wusste sie, dass heute einer dieser Tage war.

„Ich fühle es nicht.“

„Die Farbe steht dir aber“, sagte Francis, die es sich in einem der

Stühle vor den Umkleideräumen gemütlich gemacht hatte. „Vielleicht finden wir ein anderes.“

Sich selbst im Spiegel betrachtend, drehte Lorena sich zur Seite. Francis hatte recht, was die Farbe anging, und der Schnitt war ebenfalls vorteilhaft – luftig und sommerlich. Es war ein anständiges Kleid, eines, von dem ihre Mutter ihr vermutlich geraten hätte, es zu kaufen, weil man nie genügend klassisch schicke Kleider haben konnte. Aber ihre Mutter hätte ihr auch gesagt, dass sie ein Kleid brauchte, in dem sie sich selbstbewusst fühlte, um tatsächlich selbstbewusst auszusehen. Es war eine der wenigen Lektionen, die ihre Mutter Lorena beigebracht hatte, die sie stets befolgte. Das grüne Kleid war es nicht.

„Also, wann willst du es ihm erzählen?“

Francis Stimme unterbrach ihre Gedanken und Lorena hörte auf, die Röcke glatt zu streichen.

„Ein Teil von mir möchte es einfach hinter sich bringen und ihn anrufen“, gab Lorena zu, die Geste wieder beginnend. „Aber ein Teil von mir denkt, dass das eine Unterhaltung ist, die wir persönlich führen sollten.“

„Gibt es da eine große Unterhaltung zu führen?“

Lorena runzelte die Stirn. „Was meinst du?“

„Nun... Ich weiß, wir sprechen nie darüber, aber... es ist offensichtlich, dass ihr euch liebt. Ihr benutzt vielleicht nicht die Worte, aber sicherlich jedes Synonym, was es gibt.“ Francis zögerte, als sie ihre Worte überdachte. „Weißt du was, ich nehme das zurück. Ihr solltet wirklich eine Unterhaltung darüber führen. Weil das Einzige, was euch voneinander trennt ist... nun, ihr, wie ihr keine

Unterhaltung darüber führt."

Zum zweiten Mal an diesem Tag spähte Lorena zu ihr, abwägend, was sie sagen sollte. Sie vermieden das Thema Jack nicht vollständig, aber normalerweise gab es keine tieferen Nachfragen bezüglich ihrer Gefühle für ihn. Ihre Freunde hatten schon vor langer Zeit verstanden, dass es am besten war, diese Richtung nicht einzuschlagen. Aber heute fühlte Lorena keine Mauern hochkommen. Stattdessen war es andersherum.

„Ich habe ihn mal um ein Date gebeten", gestand sie, erleichtert, nicht mehr allein mit der Wahrheit zu sein. „Er hat abgelehnt."

Francis zuckte zusammen.

„Das hast du nie erzählt."

Die Bestürzung in ihrer Stimme war offensichtlich.

„Es war ziemlich peinlich", murmelte Lorena, auf ihre Füße schauend, bevor sie ihr Spiegelbild ansah. Für die letzten fünf Jahre hatte sie diesen Tag, diesen Moment in ihrem Leben, erfolgreich verdrängt. Sie war entschlossen, das weiterhin zu tun.

„Du möchtest nicht den ersten Schritt machen."

Es war keine Frage. Vielleicht fühlte Lorena sich von dem Mitgefühl ihrer Freundin bestärkt, vielleicht war sie nach all dieser Zeit auch einfach nur müde. Vielleicht war es beides. Aber sie machte noch ein weiteres Geständnis.

„Theoretisch habe ich ihn auch gefragt, ob er mit mir zum Abschlussball geht."

„Er ist ein Idiot", sagte Francis leise. „Ich weiß, du liebst ihn, aber er ist wirklich ein Idiot."

# 10



Im Alter von zehn Jahren war Jack ein großer und eher dünner Junge, der die meiste Zeit drinnen verbrachte und las oder Schach spielte. Er hatte weder den Ehrgeiz, sich einem Sportteam anzuschließen, noch glaubte er daran, dass er körperlich dazu qualifiziert war, einen Sport auszuüben. Aus Sorge um seinen Sohn, meldete sein Vater ihn jedoch beim Fußball an. Wie sich herausstellte, spielte er gar nicht schlecht. Es stellte sich ebenfalls heraus, dass es ihm tatsächlich Spaß machte.

# 11

Ein zischendes Geräusch kam von der Kaffeemaschine, die mehr Dampf in die Luft pustete, als sie vermutlich sollte. Ein Mädchen in gelber Schürze zog sie vom Strom, während ihr Kollege den Deckel der Maschine abnahm, einen Blick wagend. Seine Brille beschlug innerhalb von Sekunden.

„Also", sagte Dean, Jacks Aufmerksamkeit wieder an ihren Tisch lenkend. „Wann ist die Hochzeit deines Vaters?"

„In ein bisschen mehr als zwei Wochen."

„Er heiratet wirklich zum vierten Mal?"

Für Dean war es nicht ungewohnt, ungeläufig viele Male wieder zu heiraten. Seine und Avas Eltern waren jahrelang getrennt und wieder zusammen gewesen, ihre dritte Hochzeit hatte gerade einmal ein Jahr nach der zweiten Scheidung stattgefunden. Sie hatten allerdings einander geheiratet, also war es wohl ein wenig anders. Dennoch, wegen dieser Tatsache wusste Jack, dass kein Urteil in der Frage lag.

„Ja", bestätigte er, das Wort einatmend, als er den Teebeutel aus seiner Tasse entfernte. „Außerdem muss ich sagen, dass ich Soraya wirklich mag. Wenn die beiden es nicht hinbekommen, weiß ich nicht mehr, was ich über Liebe glauben soll."

„Hast du eine Begleitung?"

„Lorena fliegt aus New York ein", sagte Jack in dem Bewusstsein, dass er den Weg für die Unterhaltung ebnete, die sie nach seinem Geburtstag noch zu führen hatten. „Mein Vater hat es vorgeschlagen. Die beiden haben sich schon immer verstanden." Seine Finger trommelten auf den Tisch. „Ich glaube, auf seine Art... versucht er uns zu verkuppeln. Zumindest fühlt es sich so an."

Er nahm einen Schluck von seinem Tee, während Dean die Stirn runzelte, Milch in seine eigene Tasse hinzufügend. „Und du fühlst dich nicht gut damit."

In Anbetracht der aktuellen Ereignisse wäre es eine einfache Schlussfolgerung gewesen, aber es klang mehr nach einer Frage, da Dean noch versuchte herauszufinden, auf welchem Boden er sich mit diesem Thema bewegte.

„Ich weiß nicht, wie ich mich... damit fühle", gestand Jack. „Ich weiß, wie Menschen uns wahrnehmen, wenn wir zusammen sind. Ich weiß, sie halten uns für ein Paar." Es war eine Tatsache, die er in Deans Gesicht gespiegelt sah, als sich ihre Augen über den Tisch hinweg trafen. Dean hörte zu und Jack zögerte, seine Augen von seinem Freund, zu seiner Teetasse, zu dem Bild an der Wand wandernd, bevor er tief durchatmete. „Ich glaube, der Grund, warum ich so empfindlich bei dem Thema bin, ist, dass es wahr ist. Und ich möchte das nicht."

Es war offensichtlich, dass Dean noch Fragen über die Beziehung hatte, doch man musste ihm zugestehen, dass er sich auf den Sachverhalt beschränkte. „Was meinst du?"

„Ich bin wissentlich seit über fünf Jahren in Lorena verliebt und... unwissentlich vermutlich sogar länger als das", sagte Jack und überraschte sich selbst mit dem Eingeständnis. Aber es fühlte sich gut an, die Worte endlich auszusprechen, also fuhr er fort: „Ich meine, der Grund, warum ich nicht ausgehe, ist, dass es niemanden gegenüber fair wäre, so zu tun, als würde ich jemals jemanden mehr lieben als sie."

Deans Augenbrauen hoben sich leicht. „Hast du ihr das je gesagt?"

„Natürlich nicht."

„Warum?"

„Warum?", wiederholte Jack. „Ist das nicht offensichtlich?"

„Ich denke, die Menschen, die wichtig sind, kümmern sich darum, dass du glücklich bist." Dean zuckte die Schultern. „Du kannst die Art, wie Menschen in dein Leben treten, nicht ändern."

„Du findest es also nicht seltsam?"

„Ich glaube, was ich gesagt habe", sagte Dean, sich vorlehnend. „Jack, du kannst dich sehr glücklich schätzen, jemanden gefunden zu haben, für den du so stark empfindest. Wirf das nicht weg, weil du Angst hast." Nach seiner Tasse greifend und sich zurücklehnend fügte er hinzu: „Wenn du es nicht für dich selbst tust, dann tue es für Ava. Ich bin mir sicher, sie würde liebend gerne nochmal mit Lorena abhängen. Sie kann nicht aufhören, von ihr und New York zu reden."

Es war nicht seine Absicht zu schnauben, aber es war Deans Absicht gewesen, und obwohl der Themenwechsel unpassend war, wusste Jack die Auflockerung des Gesprächstons zu schätzen.

„Ich könnte ihr ihre Nummer geben."

„Ich bitte drum."

„Das ist eine weitere Sache, die es zu bedenken gibt", sagte er, als ihr Grinsen verschwand.

„Was genau?"

„New York. Oxford."

„Das findet ihr schon heraus. Ich meine, theoretisch seid ihr schon in einer Art Langstreckenbeziehung."

Jack war sich nicht sicher, ob er mit der Formulierung

übereinstimmte, aber er wusste, dass eine Langstreckenbeziehung auf die Dauer nicht für ihn funktionieren würde, zumindest keine romantische. Er war ein paar Mal in New York gewesen und, so sehr er versucht hatte, es zu mögen und sich vorzustellen, wie es wäre, dort zu leben, er war immer zu dem gleichen Schluss gekommen. Obwohl er umziehen würde, um mit Lorena zusammen zu sein, wusste er, dass er dort nicht glücklich sein würde – nicht in der Stadt, nicht weg von seinem Vater und seinen Freunden. Und das führte ihn unvermeidlich zur nächsten Schlussfolgerung: er konnte von Lorena nichts erwarten, was er selbst nicht tun würde.

„Einen Schritt nach dem anderen." Dean sah ihn an, als wüsste er, dass sein Gehirn bereits mehrere Schritte weiter war. „Sie kann dich immer noch zurückweisen. Ich glaube es zwar nicht, aber-"

„Ich sollte ihr von meinen Gefühlen erzählen, bevor ich mir über alles andere Gedanken mache, verstanden", endete Jack, bevor er einen Atemzug ausstieß, von dem er nicht wusste, dass er ihn angehalten hatte. „Danke dir. Wirklich. Ich weiß es zu schätzen."

„Immer."

# 12

Lorenas Beziehung zu ihrer Mutter war nicht immer gut gewesen. Man könnte annehmen, dass sie sich von Natur aus nahestanden, weil es immer nur sie beide gewesen waren, Lorenas Vater von der Bildfläche verschwunden. Aber so war es nicht, zumindest nicht, als Lorena jünger war.

Helene war immer in ihrer Karriere aufgegangen. Und obwohl sie das nicht zu einer nachlässigen Mutter machte, war sie immer selbstständig gewesen, nicht so sehr ein Familienmensch, wie Lorena das insgeheim war. Zumindest dachte sie das. Aber dann hatte sie realisiert, warum ihre Mutter von Mann zu Mann und mit ihr von Ort zu Ort zog. Sie hatte realisiert, dass ihre Mutter sich nach all den gleichen Dingen sehnte, auch wenn sie es nicht zugab.

Bis zu einem gewissen Grad fühlte es sich trotzdem selbstsüchtig an, diese ganzen Veränderungen, denen sie beim Aufwachsen ausgesetzt gewesen war, und es löste ihren Groll diesbezüglich nicht vollständig auf, aber es ließ sie sich ihrer Mutter näher fühlen. Weil sie letzten Endes die Art Familie gewollt hatte, die sie mit Jack und Ted gewesen waren, für sich und ihre Tochter, und dafür konnte Lorena ihr keine Vorwürfe machen. Sie konnte ihr nicht einmal Vorwürfe dafür machen, dass es nicht funktioniert hatte. Tatsächlich bewunderte sie ihre Mutter dafür, dass sie fähig war, wieder zu vertrauen und es erneut zu versuchen.

„Wie läuft die Arbeit?", fragte Helene, mit einem Messer in der Hand, um die Tomaten für den Salat zu schneiden.

Lorena saß auf einem Stuhl auf der anderen Seite der Kücheninsel, die schnellen Bewegungen ihrer Mutter beobachtend. Sie hatte schon vor langer Zeit aufgegeben, zu fragen, ob sie ihr bei der Essensvorbereitung helfen sollte. Die Antwort war stets Nein.

„Gut", sagte Lorena, weil es stimmte. Sie mochte ihren Job ausreichend, aber sie war nicht so leidenschaftlich dabei, als dass sie außerhalb des Büros darüber sprechen musste. „Bei dir?"

„Ein Alptraum." Sie schüttelte den Kopf. „Manchmal wundere ich mich, ob sie ohne mich überhaupt klar kommen würden."

„Vermutlich nicht."

„Ich bin kurz davor, in Zwangsurlaub zu gehen, und alles, woran ich denken kann, ist, wie viel Papierkram auf mich warten wird, sobald ich wieder da bin. Vielleicht sollte ich meinen Laptop mitnehmen."

Lorena zwang ihre Mundwinkel, an ihrem Platz zu bleiben.

„Ich glaube irgendwie nicht, dass Robert das sehr zu schätzen wüsste, Mom."

Helene seufzte resigniert.

„Du hast vermutlich recht."

Robert war ein mittelgroßer Mann um die Sechzig, mit rötlichem Bart, einem kleinen Bierbauch und einer Vorliebe, Turnschuhe zu Anzügen zu tragen, sogar im Büro. Lorena wusste das, weil sie für die gleiche Marketingfirma arbeiteten. Nun könnte der Eindruck entstehen, dass mit dem Freund der Mutter zusammenzuarbeiten, nichts war, was sie wollte, besonders nicht, wenn man die Anzahl gescheiterter Ehen und Verlobungen ihrer Mutter bedachte, aber es war tatsächlich Lorena gewesen, die die beiden einander vorgestellt hatte.

Als Lorena im Studium gewesen war, hatte ihre Mutter zaghaft ihre Beziehung mit Ehemann Nummer Fünf (nicht zu verwechseln mit Beinahe-Stiefvater Nummer Fünf) begonnen, den sie erst im dritten gemeinsamen Jahr heiratete. Sie ließen sich ein Jahr später scheiden, nachdem sie ihn erwischt hatte, wie er sie mit seiner Ex betrog. Es war dann gewesen, dass sie sich entschlossen hatte, allein zu bleiben, dass sie der Liebe alle Chancen gegeben hatte, aber niemand mehr als fünfmal heiraten musste. Für all die Male, die Lorena ihren Worten nicht geglaubt hatte, dass sie Zeit allein verbringen und neu anfangen wollte, hatte sie es dieses Mal getan. Als sie ihre Mutter ansah, hatte sie festgestellt, dass sie müde aussah, und es war ihrer Tochter in den Sinn gekommen, dass ihr Herz immer und immer wieder zu riskieren, in der Hoffnung, die richtige Person zu finden, auch von ihr ihren Tribut gefordert hatte.

Bei all ihrer Unabhängigkeit könnte man meinen, dass sie gut allein sein konnte. Und sie kam gut zurecht, aber es war nicht das, was sie wollte, und sie war nicht wirklich glücklich, wenn auch glücklicher als in einigen ihrer Beziehungen.

Lorena war bei einem Workshop auf der Arbeit mit Robert zusammen gepaart worden und am Ende des Tages winkte sie ihm zu Abschied, sich wünschend, ihre Mutter hätte einen Mann wie ihn geheiratet, anstatt ein paar der anderen. Es hatte einige Wochen gedauert, bis Lorena ihre Mutter schließlich davon überzeugt hatte, sie zu einer Arbeitsveranstaltung zu begleiten, wo sie ihr Robert vorstellte.

Obwohl Helene nicht erfreut gewesen war, verkuppelt zu werden, gab sie zu, dass sie ihn mochte, und am Ende des Abends stimmte sie zu, mit ihm auszugehen. Seitdem waren sie zusammen. Lorena ging davon aus, dass der Grund, warum sie so gut zusammen passten, der war, dass Robert ihre Mutter auf eine Art ausglich, die sie nicht als degradierend für ihre Karriere empfand, während sie ihn dazu brachte, neue Dinge auszuprobieren. Außerdem hatte er ihr nie einen Heiratsantrag gemacht, was aus irgendeinem Grund ein Vorteil für Helene zu sein schien.

„Aber was soll ich zwei Wochen lang im Urlaub machen? Faul in der Sonne liegen, mich betrinken und Sehenswürdigkeiten anschauen?"

„Das ist es, was andere Menschen machen", wies Lorena sie drauf hin.

Ihre Mutter schüttelte den Kopf und konzentrierte sich wieder darauf, das Essen vorzubereiten. Lorena klaute sich einen Gurken-Stick, der noch nicht für den Salat geschnitten worden war, während Helene ganz woanders zu sein schien. Lorena wusste es besser, als ihre Gedanken zu unterbrechen. Auf der Gurke kauend wartete sie, bis einen Moment später, ihre Mutter sie mit einem rätselhaften Ausdruck ansah.

„Seid Jack und du nicht auch mal in Spanien gewesen?"

Da war sie – die Erinnerung, die sie nicht haben wollte und die zum zweiten Mal in einer Woche in ihrem Kopf auftauchte.

„Italien, eigentlich", sagte Lorena, sich schnell erholend. Glücklicherweise schien ihre Mutter nichts bemerkt zu haben.

„Richtig", sagte sie. „Ich hatte gehofft, du könntest mir ein paar Restaurants empfehlen."

Damit schien ihr Gehirn wieder den Fokus zu verlieren und Lorena wurde mit ihren Gedanken allein gelassen, die langsam, aber sicher zu der Italien-Reise abdrifteten, die nur ein paar Monate nach ihrem 21. Geburtstag stattgefunden hatte. *Ich habe ihn mal um ein Date gebeten. Er hat abgelehnt.* Als sich ihre eigenen Worte in ihrem Kopf wiederholten, wünschte sie, dass sie das Angebot eines Glases Wein von ihrer Mutter angenommen hätte.

„Aber wo wir von Jack sprechen", sagte Helene plötzlich. „Robert hat etwas über eine Versetzung nach London gesagt?"

„Ich bin mir noch nicht sicher."

Das war der Nachtteil davon, mit dem Freund der Mutter zu arbeiten.

„Jack ist ein netter junger Mann und ich mag ihn. Du weißt, ich mag ihn-"

Lorena spürte, wie sie defensiv wurde. „Ich weiß nicht, was du sagen möchtest."

„Ich mache mir Sorgen um dich." Helene seufzte, als sie den Gesichtsausdruck ihrer Tochter sah, und legte endlich das Küchenmesser beiseite. „Ich bin nicht blöd, Lorena. Ich weiß, ich war nie Mutter des Jahres. Aber ich liebe dich und ich möchte das Beste für dich. Ich möchte nur, dass du die Sache durchdenkst, bevor du dein ganzes Leben wegen einem Mann entwurzelst. Ich weiß, wovon ich spreche."

Es fielen keine Worte darüber, was sie über ihre Gefühle für Jack dachte, und Lorena schätzte, dass das so nah an einem Segen dran war, wie ihre Mutter ihn ihr jemals für irgendeinen Mann geben würde. Sie würde Lorena nie raten, in ein anderes Land zu ziehen, daher war es gut, dass sie die Erlaubnis ihrer Mutter nicht brauchte.

Denn obwohl sie ihre Mutter und Freunde liebte, würde das nicht ausreichen, sie zum Bleiben zu bewegen.

62

# 13



*16 Jahre früher*

Als ihre Eltern anfingen zu streiten, versuchte Lorena es zu ignorieren. Ihre kleinen Hände über die Ohren gepresst, vergrub sie ihr Gesicht tief in ihrem Kissen, in der Hoffnung, dass die Stimmen verstummen würden. Selbst mit zehn hatte sie gewusst, was erhobene Stimmen bedeuteten, und sie wollte nicht, dass sie dieses Mal bedeuteten, was sie befürchtete.

So fand Jack sie, zusammengekauert unter ihrer Decke, die Wangen feucht von stillen Tränen. Sie vermutete, dass auch er wusste, was erhobene Stimmen bedeuteten. Jack redete jedoch nicht darüber. Sie sprachen nie von dem drohenden Ende ihrer Familie und ihrem glücklichen Leben zusammen. Alles, was Jack tat, war zu ihrem CD-Player zu gehen, ein Album einzulegen, das er aus seinem Zimmer mitgebracht hatte, und es laut genug aufzudrehen, dass es die Stimmen von unten übertönte, bevor er neben ihr ins Bett kletterte. Dort blieben sie liegen, an die Leuchtsterne an Lorenas Decke starrend, bis die Lieder vorbei waren. Für gewöhnlich waren die Streitereien dann ebenfalls vorbei.

# 14

Lorena saß am Küchentisch vor ihrem Laptop, ein Bein angewinkelt und wie Jack, bereits ihren Pyjama tragend. Sie schien so vertieft in ihre Arbeit, dass sie nicht bemerkte, wie er im Türrahmen lehnte und sie beobachtete. Er hatte sie heute Morgen vom Flughafen abgeholt, aber es fühlte sich an, als wäre sie länger hier gewesen als lediglich Stunden. Wenn jemand durch das Fenster sehen würde, sähe er ein junges Paar, das zusammenlebte. Jack gefiel der Gedanke, ganz einfach weil er es mochte, sie hier zu haben, selbst wenn sie in Arbeit vertieft war.

Jack war in seinem zweiten Studienjahr gewesen, als er das erste Mal festgestellt hatte, dass sie nicht nur objektiv hübsch war, sondern dass er sie hübsch fand. Das, zusammen mit der Erkenntnis, dass er sie mehr mochte als andere Mädchen, traf ihn völlig unvorbereitet. Als sie sich also in ihrem Abschlussballkleid drehte und fragte, ob er sie begleiten würde, lehnte er ab, überzeugt davon, dass er das nächste Mal, wenn sie sich sahen, seine Gedanken geordnet haben und alles wieder normal sein würde. Und für eine Weile dachte er das auch. Bis zu ihrem 21. Geburtstag. Es war das erste Mal, dass er darüber nachdachte, sie zu küssen.

Jack dachte oft darüber nach, sie zu küssen. Nicht in der Zeit, die diesem Tag folgte. Obwohl er über den verwirrten Zustand seiner Gefühle nachdachte, verbannte er die Idee, sie zu küssen, aus seinem Kopf. Wenn sie zu umarmen sein Herz brechen konnte, konnte er sich unmöglich mit einer Fantasie verletzen, die niemals passieren würde. Nein, wenn Jack darüber nachdachte, Lorena zu küssen, war das immer in Augenblicken wie diesen, wenn er merkte, wie schön die kleinen Dinge im Leben sein konnten.

„Du siehst müde aus."

Ihre Stimme zog ihn aus seinen Gedanken.

„Nun, es ist beinahe Mitternacht."

„Nicht nach meiner Zeit", bemerkte sie.

Jack vergrub seine Hände in seinen Taschen und beobachtete einen Moment lang, wie sie wieder zu tippen begann.

„Kommst du trotzdem mit ins Bett?"

„Klar. Ich mache das nur eben fertig."

Jack verharrte einen Moment länger, bevor er sich vom Türrahmen abstieß, in sein Schlafzimmer zurückkehrte und sich vor dem Sideboard hinhockte. Die zwei am meisten abgenutzten CDs auswählend, hielt er sie über seinen Kopf, als er Lorenas Schritte auf dem Boden hörte.

„Irgendwelche bestimmten Wünsche?", fragte er, obwohl er die Antwort kannte.

„Links, offensichtlich."

Die Matratze quietschte, als Lorena sich auf das Bett warf. Die CD begann zu spielen und Jack drehte die Lautstärke herunter, bis es ein sanftes Hintergrundgeräusch war.

„Selbst nach all den Jahren, ist es einer der besten Songs."

Vielleicht war es seltsam, einen Song zu genießen, den man in Dauerschleife gehört hatte, um die Streiterei seiner Eltern zu übertönen, aber Jack teilte das Gefühl. Es war ein guter Song und ein gutes Album. Er dachte nicht an die Scheidung, wenn er es hörte, sondern daran, wie er neben Lorena lag, manchmal mit dramatischen

Gesten mitsingend, und wie sie es zu ihrem eigenen lustigen Spiel machten, sodass die Streitereien in Vergessenheit gerieten.

„Möchtest du ein Leselicht anlassen?"

„Nein, schon gut."

Der Raum wurde dunkel. Lorena kuschelte sich automatisch in Jacks geöffneten Arm und vergrub ihren Kopf in seinem Nacken, während seine Arme sie umschlossen. Als die Songs weiterspielten, wünschte sie, die Zeit würde stillstehen und ihnen erlauben, für immer so zu bleiben. Es hatte sie immer gewundert, wie sie so intim sein, sich so sehr wie ein Paar verhalten konnten, während sie so taten, als wären sie keines. Lorena hatte eine kurze Dating-Geschichte, aber sie hatte sich nie mit einer anderen Person so wohl gefühlt und vielleicht hatte sie es auch gar nicht versucht. Auf eine Weise waren sie in einer festen Beziehung miteinander, ohne tatsächlich in einer zu sein. Es war ein Todesurteil für jeden anderen Versuch einer Beziehung.

Die Musik hatte vor einer Weile aufgehört zu spielen. Lorena drehte ihren Kopf ein wenig, um die Umrisse von Jacks Gesicht zu sehen, bevor sie in die Dunkelheit des Raumes sprach: „Ich habe einen Job in unserem Londoner Büro angeboten bekommen."

Er war einen Moment still, bevor er antwortete: „Wirst du ihn annehmen?"

„Ich weiß es nicht."

Die Antwort hing, natürlich, von ihm ab. Sie sagte es nicht, aber das war auch nicht notwendig. Sie wusste, dass er es wusste, und der heisere Tonfall seiner Stimme, den er zu vertuschen versuchte, bewies es ihr.

„Bis wann musst du dich entscheiden?“

„Nächste Woche. Aber ich wollte erst mit dir sprechen.“

„Du brauchst meine Erlaubnis nicht.“

„Nein“, sagte sie, unfähig, ihre Enttäuschung über die Antwort zu verstecken. „Ich schätze nicht.“

„Du bist meine Lieblingsperson. Ich würde dich gerne öfter sehen“, sagte Jack sanft. „Aber triff diese Entscheidung nicht wegen mir. Du solltest tun, was du möchtest.“

„Ja.“

Lorena kuschelte sich noch ein wenig enger an ihn, wohl wissend, dass sie eine Weile nicht schlafen würde. Jack hatte sie nicht gebeten, zu bleiben, nicht dass sie das erwartet hätte. Aber jetzt musste sie sich überlegen, ob sie London ohne ihn wollte.

# 15


*16 Jahre früher*

Ted und Helene trennten sich an einem Montagmorgen. Als sie aus der Schule kamen, sahen Lorena und Jack die Koffer im Flur stehen. Dieses Mal gab es keine lauten Stimmen, nur Schweigen und verstimmte Gesichtsausdrücke. Lorenas Mutter scheuchte sie die Treppe nach oben, um ihre Sachen zu packen. Jack sah von seinem Vater zu seiner Freundin. Ihre Augen füllten sich mit Tränen und sie begann hysterisch zu weinen, während Helene geduldig versuchte, ihre Tochter zu beruhigen. Ted versuchte es seinem Sohn zu erklären und ihn zu trösten. Jack weinte nicht, aber zum ersten Mal war er wütend auf seinen Vater und bat ihn, Lorena bleiben zu lassen. Am Ende trennten sich ihre Wege an der Eingangstür.

# 16

Anders als bei seinen Freunden, machte Jack sich nie Sorgen, wenn Lorena seine Familie traf. Oder zumindest machte er sich nie Sorgen, wenn sie seinen Vater traf. Ted stand bereits draußen, als Jack auf die Auffahrt fuhr.

„Du weißt, dass er dir eine mindestens einstündige Tour des Gartens geben wird, richtig?"

„Und du weißt, dass ich mir von deinem Vater sogar eine zweistündige Tour des *Hofes* geben lassen würde?", sagte Lorena, ihren Sicherheitsgurt öffnend, als Jack den Motor ausschaltete. „Und bevor du mir widersprichst – ja, Garten bezieht sich auf den Bereich, wo die Blumen und Pflanzen wachsen, aber der Blumengarten liegt auf dem Hof. *Yard* und *garden* sind nicht das Gleiche."

„Yard ist eine Einheit", bemerkte Jack, aber sie war bereits aus dem Auto ausgestiegen. Den Kopf schüttelnd öffnete er langsam seinen Sicherheitsgurt und ihm wurde warm ums Herz, als er sah, wie sein Vater und Lorena sich umarmten, einander anstrahlend, und begeistert redeten.

Die Worte der vergangenen Nacht hallten während der gesamten Fahrt hierher in seinem Kopf wider. Lorena schien damit zufrieden zu sein, die Landschaft in geselliger Stille zu beobachten, was ihm mehr Zeit gab, sie anzusehen und sich über die Möglichkeit zu wundern, dass die Dinge immer so sein könnten. Die Möglichkeit von ihnen.

„Ich freue mich sehr, dass Jack dich mitgebracht hat", sagte Ted, seine Hände auf Lorenas Schultern legend. „Es ist wirklich zu lange her.“

„Ich freue mich auch. Und ich bin aufgeregt. Danke, dass ich kommen durfte.“

Jack konnte es noch immer nicht verstehen. Es war alles, was er wollte. Und trotzdem zögerte er, Zweifel und Überdenken an ihm zerrend. Er wollte sie bitten zu bleiben, aber fürchtete, dass es zu viel zu fragen wäre.

„Immer, Liebes. Lass mich deine Sachen holen.“

Das Geräusch der Schritte seines Vaters auf dem Schotter brachte Jacks Gedanken zurück in die Gegenwart. Ted umarmte ihn zur Begrüßung, als Soraya in die Auffahrt trat, die Augen gegen die Sonne schützend, während sie sich den Gästen näherte.

„Das seid ihr ja!“, sagte sie und Jack winkte ihr zu, was sie erwiderte, bevor sie sich der Person zu wandte, die ihr am nächsten stand. „Hi, ich bin Soraya – du musst Lorena sein.“

Die zwei Frauen schüttelten sich die Hand, bevor sie in einer Art halben Umarmung Küsschen auf die Wangen tauschten. Was sich nach einer seltsamen Begrüßung anhörte, hatte einen ziemlich freundlichen Unterton, was nur auf die natürliche Eleganz beider Parteien zurückzuführen war. Ted wandte sich zu seinem Sohn, eine Augenbraue hochgezogen, und Jack fiel es schwer, ein Lachen zurückzuhalten.

„Freut mich, dich kennenzulernen. Ist das der Ring? Oh, er ist wundervoll. Ted – ich wusste gar nicht, dass du so einen guten Geschmack hast.“

Er griff nach Lorenas Koffer, um ihn aus dem Kofferraum zu heben. „In Frauen oder Schmuck?“

„Haha." Soraya verdrehte die Augen, aber ein verschwörerisches Lächeln blieb auf ihrem Gesicht, als sie sich wieder Lorena zuwandte. „Hör nicht auf ihn – es ist ein Familienerbstück. Er musste meine Mutter ganz schon überzeugen, damit sie ihm den Ring gibt."

„Und wäre sie hier, würde sie dir sagen, dass sie noch immer nicht überzeugt ist." Ted stellte den Koffer neben die Tür. Der Kommentar brachte ihm einen leichten Schlag auf den Arm von seiner Verlobten ein. „Was? Es ist wahr!"

„Meine Mutter kommt heute Nachmittag schon zum Tee vorbei, aber sie bleibt in einem Hotel in der Nähe, zusammen mit Teds Mutter und Schwestern."

Jack spürte, wie sein Lächeln in sich zusammenfiel. „Sie sind schon auf dem Weg?"

„Nun, Carol und Abigail wollten morgen mit den Vorbereitungen helfen, und du weißt ja, wie deine Großmutter ist."

Während Jack sich nie Gedanken machen musste, wenn Lorena seinen Vater traf, war der Rest seiner Familie – seine Großmutter insbesondere – eine ganz andere Geschichte.

Neben ihm konnte er sehen, wie das Lächeln auf Lorenas Gesicht verrutscht war, als sie sich anscheinend an ihre letzte Begegnung mit Gram erinnerte. Sie war eine Frau vieler Überzeugungen. Eine davon war, dass es in einer Ehe darum ging, Entscheidungen zu treffen und dabei zu bleiben. Sie hatte weder dem Lebensstil ihres Sohnes je zugestimmt, noch hatte sie je eine seiner Frauen oder Partnerinnen gemocht. Helene, allerdings, war anders. Helene hatte sie nicht nur abgelehnt. Nein, Helene hatte sie geradezu verachtet, von dem ersten Moment an, in dem sie sich kennengelernt hatten. Vielleicht, weil sie eine ähnliche Ansammlung von Liebesaffären wie Ted hatte, aber vermutlich, weil sie *eine Frau* mit einer ähnlichen Ansammlung von Liebesaffären wie Ted war, bekam sie der Maßstab, an dem jede andere Partnerin – vergangen oder gegenwärtig – gemessen wurde.

„Nun“, sagte Soraya fröhlich, in dem Versuch, die Anspannung zu lösen. „Wie wäre es, wenn wir die auf eure Zimmer bringen, ihr erstmal ankommt und dann trinken wir eine Tasse Tee, bevor die Hölle über uns zusammenbricht?“

„Fantastische Idee“, stimmte Ted bereitwillig zu. „Lorena, wir haben dein altes Zimmer für dich vorbereitet. Jack, du bist in deinem Zimmer, natürlich – ich gehe davon aus, ihr beide kennt den Weg.“

„Klar.“

Das Zimmer, das Lorena in ihrem Haus bewohnt hatte, hatte schon vor einer Weile aufgehört, wie ihr Zimmer auszusehen. Für Jack war es augenblicklich gewesen. In dem Moment, in dem sie verschwunden war, verließ ihr Geist die Wände, auch wenn die Farbe in den nächsten zwei Jahren die gleiche blieb.

„Es sieht anders aus“, bemerkte Lorena, als sie in das weiß möblierte Gästezimmer trat, das mehr an ein Katalogzimmer erinnerte als an das pinke Zimmer voller Poster, was es vor all den Jahren gewesen war.

„Ja, schätze schon“, sagte Jack und lehnte sich an den Türrahmen. Während sie sich umsah, versuchte er sich nicht daran zu erinnern, wie oft sein 12-jähriges Ich auf dem Flur stehen geblieben war, um in den leeren Raum zu starren, ein Ball von Emotionen in ihm kochend. Damals wäre er wütend geworden, wenn sein Vater es gewagt hätte, umzudekorieren, aber als er 14 war, nach Hause kam und die weißen Farbeimer und bewegten Möbel sah, sagte er nichts. Nur eine Sache war gleich geblieben. „Aber die Klebesterne sind immer noch da."

Jack spähte zur Decke und bemerkte den Anflug eines Lächelns auf Lorenas Gesicht, als sie das Gleiche tat.

„Ich schätze, niemand konnte jemals diese Innendesign Entscheidung in Frage stellen", sagte sie scherzend, ihre Lippen zu einem neckischen Lächeln verziehend, das Jack schnauben ließ.


Es blieb keine Zeit für die Tasse Tee, denn kurz nachdem Jack in sein Zimmer gegangen war und Lorena damit begonnen hatte, ihren Koffer auszupacken, klingelte es an der Tür und die vertrauten Stimmen von Jacks Tanten und Großmutter hallten durchs Haus.

Jack tauchte in der Tür auf, ein wenig zögerlich, ob er sie fragen sollte, ob sie mit nach unten kommen würde. Ein leichtes Lächeln stahl sich auf ihre Lippen, eines, von dem sie wusste, dass er es direkt durchschaute, aber sie meinte ihre Worte dennoch. „Ich bin gleich bei dir." Sie musste sich nur ein wenig vorbereiten.

Normalerweise störte es Lorena nicht, wenn Menschen sie nicht mochten. Aber mit Jack und Teds Familie war das anders, ganz einfach, weil sie anders waren. Sie waren zwei der Menschen, die sie im Leben am meisten schätzte, und es war nur natürlich, dass sie zumindest wollte, dass die Menschen, die von Jack und Ted wiederum geschätzt wurden, sie nicht hassten.

Nachdem sie ihr Gesicht aufgefrischt und ein leichtes Sommerkleid angezogen hatte, war Lorena bereit und ging die Treppe nach unten. Das Gemurmel von Stimmen wurde lauter und klarer, als sie die letzte

Stufe nahm und den Flur durchquerte.

„Ich finde es nur komisch, dass er immer noch mit ihr befreundet ist", ertönte die hohe Stimme von Gram aus dem Wohnzimmer. „Findest du es nicht komisch?"

Lorena hielt inne und zögerte, rechts in den großen und offenen Raum zu treten. Es war nicht so, dass sie lauschen wollte, aber nachdem sie den ersten Teil gehört hatte, konnte sie sich nicht dazu bringen, Jacks Familie entgegenzutreten.

„Ich denke, es ist schön, dass Jack wenigstens etwas aus meinen Ehen mitgenommen hat."

„Aber trotzdem ist es nicht angebracht, dass sie hier ist." Gram machte eine Pause, über ihre Worte nachdenkend. „Es sei denn, natürlich, sie schlafen miteinander."

„Mama!"

Dieses Mal gehörte die geschockte Stimme zu Abigail. Oder Carol. Lorena konnte es nicht sagen, aber sie hatte den Verdacht, dass die Stimme Abigail gehörte, da sie nicht daran zweifelte, dass das kichernde Geräusch von Carol kam. Teds jüngere Schwester kam nach ihrer Mutter.

„Wenn sie miteinander schlafen, würde es Sinn ergeben, dass sie hier ist", bestand Gram auf ihre Meinung, völlig unberührt von der Reaktion, die sie ausgelöst hatte. „Auch wenn das ein ganz anderes Level von unangebracht wäre."

„Sie schlafen nicht miteinander", beharrte Ted. „Sie sind nur befreundet."

„Und woher willst du das wissen?"

„Alles okay?"

Jacks Stimme überraschte sie genug, dass sie aufhörte Worten zu lauschen, die nicht für ihre Ohren bestimmt waren.

„Ja", log sie. „Alles okay."

Es war offensichtlich von seinem Stirnrunzeln, dass er ihr nicht glaubte. „Bist du dir sicher?"

„Ja, natürlich. Lass uns deine Familie begrüßen."

„Okay."

Sie traten durch die Tür. Jacks Familie hatte sich bereits in der Mitte versammelt und nippte an Champagner. Bei ihrer Ankunft machte Soraya sich sofort daran, zwei weitere Gläser zu füllen.

„Da seid ihr ja", sagte Ted lächelnd und winkte sie näher. „Lorena, du erinnerst dich an meine Mutter und Schwestern?"

„Natürlich. Freut mich, euch wiederzusehen."

Es gab ein höfliches Lächeln von Teds Schwestern, aber es wurden keine Anstalten gemacht, sich die Hände zu schütteln oder zu umarmen, was sie ohnehin nicht erwartet hatte. Jacks Hand lag noch versichernd auf ihrem Rücken, von als er sie hereingeführt hatte. Lorenas Körper war sich der Berührung erschreckend bewusst. Grams Blick wanderte von der Hand ihres Enkelsohnes auf ihrem Körper zurück zu Lorenas Gesicht. Ihre Augen verengten sich leicht. Ihr war es auch erschreckend bewusst.

„Hier."

„Danke", sagte Lorena, als sie das Glas von Soraya nahm, und nutzte die Gelegenheit, den Blickkontakt zu der älteren Frau zu brechen.

„Also, Ted erzählte uns, dass du extra aus Amerika hierher geflogen bist", sagte Carol.

„Bin ich.“

„Ist das nicht ziemlich viel Aufwand für jemanden, der gar nicht mehr zu deiner Familie gehört?“

Jacks Körper versteifte sich merklich, und einen Moment lang wusste Lorena nicht, was sie sagen sollte. „Nun, ich stelle die Gästeliste nicht in Frage.“

„Natürlich nicht, Liebes“, schaltete sich Gram ein, ihre Stimme eben und ausdruckslos auf ihre gewohnte Weise, die sogar den einen oder anderen Aristokraten herausgefordert hätte. „Meine Tochter kann sich nur nicht vorstellen, sich für irgendjemanden zu bemühen, egal wie nahe er ihr steht.“

Für einen Moment herrschte Stille. Lorena bemerkte, wie Soraya einen großen Schluck aus ihrem Glas nahm und sich augenscheinlich für einen langen Nachmittag wappnete. Als sie ihren Blick auffing, deutete sie ein Augenrollen an und Lorena ertappte sich dabei, dass sie lächelte. Weil sie feststellte, dass Gram sie erneut musterte, machte sie Anstalten, ihren Gesichtsausdruck zu verbergen, indem sie ihr eigenes Glas an ihre Lippen hob.

„Nun, ich würde gerne einen Toast aussprechen!“ Ted hob sein Glas und sah jeden von ihnen an. „Auf die Familie – alt und neu.“

# 17

Die Hochzeit fand an einem Freitagnachmittag auf dem Familienanwesen statt, mit etwas mehr als 100 Gästen. Jack stand neben seinem Vater, als dieser sein Gelübde ablegte. Während Ted nur Augen für seine Braut hatte, wanderten die Augen seines Sohnes zur dritten Reihe auf der rechten Seite, wo die Frau in dem hellblauen Kleid saß.

**18**

Der Tag war ungewöhnlich sonnig. In Vorbereitung auf die normalen Wetterbedingungen hatte man ein großes weißes Zelt im Garten aufgestellt, unter dem die Tische und die Tanzfläche errichtet worden waren. Allerdings war am ganzen Himmel keine einzige Wolke zu sehen.

„Sieht so aus, als hätten wir einen guten Tag gewählt."

„Tut es."

Soraya ließ sich in den Stuhl neben Jack fallen, ungeachtet der möglichen Falten, die das in ihrem Kleid hinterlassen würde. Als Star des Anlasses konnte er sie nicht dafür verurteilen, dass sie einen ruhigen Moment suchte, um alles zu verarbeiten. Er hatte das Gleiche getan und das Zelt gegen die Terrasse getauscht, von der aus er die Feierlichkeiten beobachten konnte, ohne daran teilzuhaben.

„Sie ist großartig."

Jack musste nicht fragen, wen sie meinte. Seine Augen waren den ganzen Tag auf Lorena geheftet gewesen und folgten ihr sogar jetzt, als sie sorgenfrei lachte und mit seinem Vater tanzte, beide ein wenig aus dem Takt. Es war kein Wunder, dass Soraya so schnell aufgeholt hatte.

„Ja, ist sie."

„Du musst sie sehr lieben."

„Tue ich", gestand Jack, denn er sah keinen Grund, es zu leugnen.

„Wirst du ihr das sagen?", fragte Soraya.

„Ich weiß nicht." Er wandte sich seiner Stiefmutter zu und runzelte die Stirn, als er sah, was sie tat. „Ich dachte, du hast mit dem Rauchen aufgehört?“

„Habe ich“, sagte Soraya und zog dennoch eine Zigarette aus der Box. „Möchtest du eine?“

„Nein, danke.“

„Besser für dich. Ein mütterlicher Rat? Ich denke, du solltest es ihr sagen. Was hast du zu verlieren?“

Nichts.

Alles.

Einen Augenblick glaubte er, dass es nichts gab, was seine Beziehung zu Lorena zerstören konnte. Im nächsten fühlte es sich an wie das zerbrechlichste Ding der Welt, das bei dem kleinsten falschen Schritt kaputt gehen könnte.

Jack sah zurück zum Zelt, wo Lorena und sein Vater aufgehört hatten zu tanzen. Sie redete und lachte jetzt mit einer von Sorayas Cousinen. Das Kleid, das sie trug, war ähnlich zu dem, das sie zum Abschlussball getragen hatte. Der Abschlussball, zu dem er sie hätte begleiten können. Manchmal wunderte er sich, was passiert wäre, wenn er es getan hätte.

„Ich habe Angst.“

Soraya nickte langsam, der Humor aus ihrer Stimme verschwunden, als sie seinem Blick folgte.

„Ich auch.“

Liebe war immer angsteinflößend. Es sagte nichts über die Sicherheit in einer Beziehung aus. Und Jack stellte fest, dass jemanden zu heiraten, der für immer bereits drei anderen Frauen versprochen hatte, vermutlich noch angsteinflößender war.

„Fürs Protokoll“, sagte er daher. „Von all den Ehefrauen und

Freundinnen meines Vaters in den letzten Jahren, mag ich dich am liebsten.“

„Du bist auch nicht verkehrt“, sagte Soraya. Ihre Mundwinkel zogen sich hoch und sie inhalierte tief. „Du hast allerdings einen grauenvollen Musikgeschmack – keine Wertschätzung für die 80er.“

Jack lachte. „Nun, sie hatten ein paar gute Songs.“

„Siehst du und genau da liegst du falsch.“

Lorena hatte Jack und Soraya entdeckt, wie sie eine Auszeit von den Feierlichkeiten nahmen, sich unterhielten und die gegenseitige Gesellschaft genossen. Darüber freute sie sich. Auch wenn er es nie erwähnt hatte, war es schwer für Jack gewesen, sich an die verschiedenen Frauen im Leben seines Vaters zu gewöhnen. Er hatte sich bemüht, vermutlich mehr als Lorena mit den Partnern ihrer Mutter, aber sie waren unterschiedliche Menschen. Lorena hatte sie willkommen geheißen, ohne sich zu sehr an sie zu hängen. Es war eine Eigenschaft, die Jack nicht besaß. Er brauchte Zeit, sich an sie zu gewöhnen und sich mit ihnen wohlzufühlen, und zu dem Zeitpunkt, waren die Frauen für gewöhnlich schon wieder verschwunden. Lorena konnte sich nicht daran erinnern, dass er einer jemals nachgetrauert hätte, aber sie wusste, dass es erschöpfend für ihn war. Zu sehen, wie Jack und Soraya so gut miteinander auskamen, machte sie für beide glücklich. Es war der erste Teil des Happy Ends, zumindest für die drei.

Als Jack seinen Kopf drehte, hatte sie bereits den größten Teil ihres Weges zurückgelegt und lächelte strahlend die Braut an, bevor sie betont eine Hand zu Jack ausstreckte. „Würdest du mit mir tanzen?“

Es gab einen Moment, in dem er zögerte, in dem er mit Bewunderung zu ihr hochsah, bevor er sich räusperte und nach ihrer Hand griff, als er aufstand. „Klar." Als er ihre Finger leicht drückte, spürte sie, wie ihre Brust wärmer wurde. „Ist das okay für dich?"

Soraya winkte ab. „Geht, habt Spaß. Ich genieße noch ein paar Minuten Frieden, bevor ich gute Miene mit Gram machen muss."

Lorena zog Jack mit sich zur Tanzfläche, wo sie das begannen, was angeblich der Foxtrott sein sollte. Keiner von ihnen konnte wirklich die richtigen Schritte. Sie stießen zusammen, verpassten Drehungen häufiger als nicht, aber Lorena fühlte sich so sorgenfrei und glücklich, dass sie beinahe vor Lachen umfiel, als das Lied endete und zu einem langsameren Ton wechselte. Noch ein wenig schwindelig, musste Jack sie stützen, bevor sie stolpern konnte.

„Alles in Ordnung?"

„Mir geht's gut."

Seine Mundwinkel waren auf die Art und Weise nach oben gezogen, die ihr gefiel, und die sein wunderschönes Gesicht erhellte. Sie wollte ihre Hände heben und es berühren, fing sich aber noch rechtzeitig. Es gab kein Anzeichen, dass er es bemerkt hatte. Seine Augen waren noch immer auf ihre fixiert. Als er sie für einen langsamen Tanz zu sich zog, erlaubte Lorena sich ihren Kopf auf seine Schulter zu legen und die Augen zu schließen.

Sie umarmten sich mehr, als dass die tanzten, und sie zwang sich dazu, das Gefühl zu genießen, in dem Moment zu leben, wohl wissend, dass ihre Zeit fast wieder abgelaufen und ihre Zukunft ungewiss war. Er ruhte seinen Kopf auf ihren. Lorena fragte sich, ob Jack wusste, wie ihr zumute war, ob er versuchte, sie zu trösten.

Manchmal dachte Lorena darüber nach, wie viel einfacher ihr Leben wäre, wenn sie ihre Gefühle für ihn einfach loslassen könnte. Sie schaffte es nie. Vielleicht war das ihre Tragödie.

„Ich möchte nicht, dass du gehst."

Lorena zog ihren Kopf zurück, ihre Augen suchten sein Gesicht ab. „Was?"

Halb erwartete sie, dass die Worte, die seinen Mund verließen, andere sein würden, dass sie sich verhört hatte.

„Ich möchte nicht, dass du gehst", wiederholte Jack, seine Augen ernst und fest auf ihren.

Sie öffnete den Mund, doch bevor sie Worte herausbrachte, brach die Musik ab und das quietschende Geräusch des Mikrofons zwang die Hochzeitsgäste, ihre Aufmerksamkeit zur Bühne zu richten. Lorena tat ebenfalls einen Schritt zurück und zwang sich, von Jack wegzusehen, in der Hoffnung, dass es ihren Kopf frei machen würde. Dennoch konnte sie es nicht begreifen.

„Ich glaube, es ist Zeit, meinen Brautstrauß zu werfen, was meint ihr?" Soraya lächelte ihre Gäste an und einige von ihnen begann zu jubeln und zu klatschen. „Großartig. Wenn alle meine Mädels ein bisschen näher kommen könnten – ich bin mir nicht sicher, wie hoch ich meine Arme in diesem Kleid heben kann, und ich weiß, dass mein Mann es hassen würde, sollten diese Blumen auf dem Boden landen, also..."

Leises Gelächter hallte durchs Zelt, aber Lorena konnte sich nicht dazu bringen, einzustimmen, und als sie sich umdrehte, lachte Jack ebenfalls nicht. Der Blick, den er ihr zuwarf, zeigte Sorge, aber seine Stimme verriet seine Gefühle nicht.

„Du hast die Braut gehört", sagte er und nickte mit dem Kopf in die Mitte der Tanzfläche, wo sich bereits eine Gruppe an weiblichen Gästen geformt hatte.

Wenn das einer der romantischen Filme wäre, die Lorena mit ihren Freundinnen am Mädelsabend schaute, wäre der Brautstrauß direkt in ihren Armen oder vor ihren Füßen gelandet und sie hätte einen langsamen, romantischen Tanz mit Jack tanzen müssen, während alle zusahen. Dies war allerdings kein Film und Lorena war froh, dass der Strauß von einer Schulfreundin Sorayas gefangen wurde, mit der sie sich vorhin kurz unterhalten hatte. Nicht tanzen zu müssen bedeutete allerdings, am Rande der Tanzfläche zu stehen, Jack neben sich. Lorena war sich jedes Atemzugs und jeder Bewegung, die er machte, doppelt bewusst und es fiel ihr schwer, sich nicht umzudrehen, wo sie spürte, wie er viel zu nahe bei ihr stand.

Plötzlich überwältigt, ihr Herz rasend, nutzte Lorena die erste Möglichkeit nach dem Tanz, um sich zu entschuldigen und sich durch die enge Ansammlung von Menschen zu quetschen, die sich anfühlten wie Wände, die ihr den Sauerstoff abschnitten. Sie atmete tief durch und überquerte den Rasen mit kurzen, schnellen Schritten. Drinnen war, glücklicherweise, niemand, sodass sie einen Moment Zeit hatte, um sich zu beruhigen.

„Alles okay?"

Natürlich war Jack ihr gefolgt. An jedem anderen Tag, in jedem anderen Moment, wäre seine Sorge süß gewesen. Jetzt gerade bemerkte sie, dass sie genervt klang.

„Es geht mir gut", log sie.

„So siehst du aber nicht aus", sagte Jack und zögerte. „Ist es wegen dem, was ich gesagt habe? Wir können vergessen, dass ich etwas gesagt habe, wenn es dir unangenehm ist-"

„Darum geht es nicht", fuhr sie ihn an und verspürte einen Anflug von Schuldgefühlen, als sie seinen Gesichtsausdruck auf ihre Reaktion sah. Es war so einfach, von Jack verstanden zu werden, dass sie sich manchmal daran erinnern musste, dass er tatsächlich nicht in der Lage war, ihre Gedanken oder Gefühle zu lesen. Er konnte nicht wissen, woher ihre plötzliche Irritation kam. Er konnte Vermutungen anstellen, aber er konnte es nicht wissen. Sie atmete tief ein und klang gefasster, als sie hinzufügte: „Nun, vielleicht ein wenig."

Es war eine nagende Vermutung. Es ergab jedoch keinen Sinn. Sie hatte gewollt, dass Jack sie bat zu bleiben, als sie ihm von ihrem Jobangebot erzählt hatte. Auch wenn er sie dann nicht gefragt hatte, sollte sie glücklich sein, dass er es jetzt tat. Dennoch, sie kam nicht umher, von dem Hin und Her frustriert und erschöpft zu sein. Sie hatte angefangen, Frieden damit zu schließen, dass er sie nicht fragen würde und dass sie, ein für alle Mal, akzeptieren musste, dass er das auch nie tun würde. Aber jetzt hatte er es getan und sie war nicht in der Lage, diese Information zu verarbeiten. Weder mental noch emotional.

Jack runzelte die Stirn. „Also-"

Lorena sollte nicht herausfinden, was er als Nächstes sagen wollte, weil in diesem Augenblick seine neue Stiefmutter ins Wohnzimmer stolperte, eine komisch aussehende Statue tragend, die mit einer weißen Schleife eingewickelt war.

„Fragt nicht", sagte sie, als sie sie abstellte und den Blick durch den Raum schweifen ließ. „Ich habe keine Ahnung, was es sein soll, und bin zu nüchtern, um auch nur zu versuchen, es zu erraten. Aber der Freund deines Vaters hat sich Mühe gegeben, also wird es hier *irgendwo* stehen.“

„Vielleicht neben der Palme“, schlug Lorena vor. „Die beim Fenster?“

„Das sieht ganz süß aus“, gab Soraya zu und adjustierte die Position des Geschenkes ein wenig. „Okay, ich muss wieder raus und Ted sagen, wo ich das Ding hingestellt habe, für den Fall, dass sein Freund fragt.“

Lorena wusste nicht, was sie sagen sollte. Sie wartete darauf, dass Jack die Stille mit den Worten füllen würde, die er einen Augenblick vorher hatte sagen wollen. Als er den Mund öffnete, schob sich die Terrassentür ein weiteres Mal zur Seite und eine der Brautjungfern kickte sich ihre Schuhe von den Füßen, bevor sie das Badezimmer ansteuerte.

„Vielleicht sollten wir nach oben gehen“, schlug Jack vor.

Zur Antwort drehte Lorena sich zum Flur. Die Stille lastete schwer auf ihr, das Gefühl in ihrem Magen ähnelte dem, als würde sie von der Spitze einer Achterbahn abrutschen. Sie hielt ihre Hände dicht an ihrem Körper und griff nach ihren Armen, sobald das Geländer verschwunden war, aus Angst, sie könnten zu zittern beginnen.

„Ich mag Soraya wirklich.“

„Ja, sie ist toll“, stimmte Jack zu. „Denkst du, es besteht die Chance, dass deine Mutter Richard heiraten wird?“

„Ich sehe sie sich nicht trennen. Aber ich denke nicht, dass sie heiraten werden.“ Lorena atmete tief durch. „Aber das ist nicht, worüber wir reden wollten.“

„Nein. Ist es nicht."

Ein Gedanke schoss durch Lorenas Kopf, als sie sich die Zeit nahm, Jack einfach anzusehen, in die grauen Augen, die sie auf die gleiche Weise ansahen, wie sie sich vorstellte, dass sie ihn auch ansah – als ob die Vertrautheit der anderen Person sie tatsächlich zu einem Teil von sich selbst machte. Aber vielleicht würden auch sie nicht heiraten. Vielleicht war für sie die Zeit endlich abgelaufen. Vielleicht war das hier, dieser Moment, das Ende.

Zum zweiten Mal an diesem Tag überraschte Jack sie, als er einen Schritt nach vorne trat, dann noch einen, bis er direkt vor ihr stand, nahe genug, um ihre Wange mit seiner rechten Hand zu berühren, die Finger leicht zitternd. Lorenas Herz schlug so laut in ihrer Brust, dass es die Welt um sie herum verschluckte.

Die Zeit schien stillzustehen, als Jack einen sanften Kuss auf ihre Lippen drückte. Seine Augen schienen voller Gefühle und Gedanken zu sein und spiegelten ihren eigenen überwältigten Zustand wider. Aber darunter war noch etwas anderes, die Ungewissheit, ob das wirklich in Ordnung gewesen war. Lorena konnte nicht ändern, dass dies ein bedeutsamer Anlass war, ein Wendepunkt in ihrer Beziehung. Aber sie konnte ihm diese Angst nehmen.

Lorena stellte sich auf die Zehenspitzen und küsste ihn. Ein Gefühl der Zufriedenheit überkam sie, als er sie in seine Arme zog und dort festhielt.

# 19

Das Gefühl hielt weniger als einen Tag. Beim Brunch am nächsten Morgen, zu dem nur die engsten Familienmitglieder von Braut und Bräutigam geladen waren, wurde von der Hochzeit am vorherigen Tag geschwärmt. Es war Sorayas Vater, der einen Blick auf das Paar ihm gegenüber warf und daraufhin die Bemerkung machte, die den Anfang vom Ende auslöste.

„Die nächste Hochzeit ist eure, nehme ich an." Er lächelte, unbewusst der Tatsache, wie alle, mit Ausnahme von ihm, seiner Frau und Grams, mitten in der Bewegung innehielten. Niemand konnte ihm die Schuld geben und Lorena mochte Sorayas Eltern zu gerne, um das zu tun, aber in diesem Augenblick fiel ihr Magen mehrere Stockwerke.

Jacks Großmutter schnaubte. „Nicht, wenn ich was zu sagen habe", und nahm einen Schluck von ihrem Champagner.

„Mum", murmelte Abigail und schüttelte leicht den Kopf, während Carol versuchte, ihr Grinsen hinter ihrem eigenen Glas zu verstecken. Sorayas Eltern sahen ein wenig verwirrt aus angesichts dieser Reaktion, und Lorena versuchte sie höflich anzulächeln, einen Schluck von ihrem eigenen Glas nehmend, um sich zu beschäftigen.

„Lorena ist die Tochter meiner dritten Ehefrau", schaltete sich Ted ein und warf ein Lächeln in ihre Richtung. „Jack und sie sind nur befreundet."

Die Worte führten dazu, dass sie sich noch schlechter fühlte. Weil in diesem Moment realisierte Lorena, dass, anders als ihre Mutter, Ted wahrlich und ehrlich an die Worte glaubte, als er sie sagte. Sie dachte über eine zustimmende Lüge nach, um den Frieden zu wahren, aber ich fiel keine ein, weshalb sie einfach weiter lächelte. Der Ausdruck auf ihrem Gesicht änderte sich zu Überraschung, wie sie die warme Berührung von Jacks Hand auf ihrer Haut spürte, als er ihre Hand, die auf dem Tisch lag, mit seiner bedeckte. Aus dem Augenwinkel sah sie, wie Grams Glas in der Mitte der Luft hängen blieb. Jack drückte ihre Hand und räusperte sich.

„Eigentlich", sagte er, sich an seine Familie wendend. „Sind wir... zusammen."

Lorena drückte seine Hand zurück, unfähig, das Glück zu verstecken, das sie in dem Moment empfand. Ihre Brust fühlte sich an, als würde sie vor Liebe überlaufen.

Das „Wie schön!", von Sorayas Mutter, die ihre Hände in ehrlicher Freude zusammenschlug, vermischte sich mit dem bitter gemurmelten „Ich wusste es", von Jacks Großmutter. Lorena spürte, wie sich ihre Mundwinkel nach unten zogen.

„Wie freuen uns für euch", sagte Soraya von ihrem Platz neben Ted, der am Kopfende des Tisches saß und nichts sagte.

„Oh, sprich nicht für uns", meinte Gram. „Ich freue mich nicht. Ich habe dir gesagt, dass das passieren würde, aber auf mich hört ja nie einer!"

„Mum", bat Abigail. „Nicht. Bitte."

„Das ist unangebracht", fuhr sie fort, ihre eine Tochter ignorierend, während die andere aussah, als fände sie die neusten Entwicklungen höchst unterhaltsam. „Aber was soll man auch erwarten, nachdem das Mädchen von einer Mutter großgezogen wurde, die einen solchen Mangel an Respekt für Anstand und das Konzept von Ehe im

Allgemeinen hat. In meinen Tagen hatten wir ein Wort dafür, junge Dame. Und wir haben auch ein Wort für dich."

Das Gift in ihrer Stimme ließ Lorena zusammenzucken.

„Sprich nicht so mit ihr", sagte Jack, und in dem Moment kam Lorena nicht umher, Mitleid mit ihm zu empfinden. Obwohl die Worte dazu bestimmt waren, sie zu verletzen, musste es schlimmer sein, wenn die Worte von einer Person kamen, die einem nahestand. „Es ist nicht in Ordnung, Gram."

„Du bist so ein schlauer Junge, du solltest es besser wissen. In meinen Tagen wäre das Inzest gewesen."

Danach sagte niemand etwas.

„Mhm, das schmeckt echt gut", machte Abigail halbherzig, als sie von ihrer Frucht abbiss. „Woher hast du die?"

„Wochenmarkt", sagte Soraya, offensichtlich zu schockiert, um Smalltalk über Früchte zu führen. Gram rammte die Gabel in ihre und fuhr fort, als wäre nichts geschehen.

Jack sah zu ihr, als Lorena ihre Hand unter seiner wegzog und ihren Stuhl nach hinten schob. Ihre Stimme klang hohl in ihren Ohren, als sie sagte: „Ich glaube, ich sollte gehen."

Jack sah von ihr zu seinem Vater und Lorena machte ebenfalls den Fehler, zu Ted zu sehen, der sich noch immer nicht gerührt hatte. Sein Gesicht war unlesbar und er konnte keinen von ihnen ansehen. „Das ist vermutlich am besten."

Lorena zögerte nur eine Sekunde, bevor sie sich vom Tisch abstieß und stand. Ihre Lippen prickelten und ihre Hände waren kalt und schwitzig. Obwohl sie am liebsten gerannt wäre, ging sie so ruhig und mit so viel Haltung, wie sie wahren konnte. Erst als sie den Flur erreichte, der zur Treppe führte, bewegten sich ihre Füße schneller und eilten die Stufen nach oben in ihr Zimmer.

Es dauerte nicht lang, bis Jack ihr dorthin folgte. Er sah ein wenig verloren aus, wie er dort im Türrahmen stand und sie beobachtete. „Was machst du da?"

Seine Stimme war die eines kleinen Kindes und brachte sie dazu, sich den Tränen wieder nahe zu fühlen, nachdem sie sich gerade erst davon überzeugt hatte, dass sie durchhalten konnte. Sie hasste das für ihn mehr als für sich selbst.

„Packen", sagte sie und versuchte unbeschwert zu klingen. „Mein Flug geht in ein paar Stunden und ich muss noch den ganzen Weg zurück."

Die letzten Sachen in ihren Koffer werfend, spürte sie, wie Jack ihre Bewegungen verfolgte. „Möchtest du, dass ich dich fahre?"

„Nein, ich... ich habe mir ein Taxi bestellt."

Sie brauchte zwei Anläufe, um den Koffer halb zu schließen und sie zuckte zusammen, als Jack Anstalten machte, ihr zu helfen. Sie fühlte sich augenblicklich schlecht und er trat einen Schritt zurück. An dem Reisverschluss ziehend schaffte sie es, ihn in einem Anlauf zu schließen.

„Sie... brauchen nur etwas Zeit", sagte Jack in dem Versuch, die Lage zu retten. „Es ist viel auf einmal."

Lorena vergrub ihr Gesicht in den Händen und atmete tief durch. „Wir sind nicht subtil, Jack. Wenn die letzten Jahre irgendwas gezeigt haben. Zeit wird das nicht lösen."

Es gab keinen Grund ihm von der Unterhaltung zu erzählen, die sie vor zwei Tagen überhört hatte. Die einzige Person, die nichts gewusst hatte, war Ted und seiner Reaktion nach zu schließen, waren seine Gefühle in der Angelegenheit nicht viel positiver.

„Mein Dad wird schon zu sich kommen“, sagte er, aber sie konnte den Zweifel in seiner Stimme hören. „Und was die anderen angeht... Ich brauche ihre Zustimmung nicht.“

„Ich schon.“ Lorena zuckte die Schultern. Sie hasste die Wahrheit hinter ihren Worten. „Ich dachte, ich tue es nicht, aber doch. Weil sie deine Familie sind und ich möchte, dass sie mich mögen.“ Sie spürte die Tränen in ihren Augen brennen. Sie nahm einen zitternden Atemzug, um sich zu beruhigen. „Ich dachte immer, ich möchte, dass du mich wählst. Aber nicht, wenn das bedeutet, dass du dich gegen deine Familie entscheidest.“

Jack sah sie durch Welpenaugen an. „Du bist meine Familie.“

„Ich bleibe nicht, Jack.“

Zum ersten Mal in ihrem Leben war Lorena froh über den Ozean, der sie trennte. Denn hätte sie jetzt bleiben müssen, um ihn zu sehen, sie hätte es nicht ertragen. Weniger als einen Tag, nachdem sie endlich mit dem Mann zusammengekommen war, den sie liebte, hatte sie ihrer beider Herzen herausgerissen und in tausend Stücke zerbrochen.

Nicht mehr länger in der Lage, ihre Tränen zurückzuhalten, wischte sie sie mit ihrem Handrücken in einer schnellen Bewegung fort, von der sie wusste, dass er sie trotzdem bemerkte. Er sah noch immer so aus, als würde er ihre Worte verarbeiten, unfähig, eigene zu finden.

Eine Benachrichtigung tauchte auf Lorenas Handy auf. Sie warf für einen Herzschlag einen Blick darauf, bevor sie ihren Koffer vom Bett hob, ihr Kleid mit den Händen glättete und einen schnellen Blick in den Spiegel neben dem Bett warf. Dann reckte sie ihre Schultern durch und sah zu Jack, der ihren Weg aus dem Raum hinaus blockierte.

„Ich schätze, das ist Lebewohl."

Es fiel ihr schwer, ihn anzusehen. Nach etwas, was sich wie Unendlichkeit anfühlte, vermutlich aber nur wenige Sekunden waren, senkte er seinen Blick auf den Boden, bevor er ihren wieder traf.

„Rufst du mich an, wenn du landest?"

Lorena zwang ein Lächeln auf ihr Gesicht. Ihr erster Instinkt war es, zu ihm zu gehen und ihn in ihre Arme zu schließen. Aber da sie wusste, dass sie nicht in der Lage sein würde, ihn gehen zu lassen, drückte sie sich stattdessen auf die Zehenspitzen und küsste ihn auf die Wange.

„Sag Soraya, dass es mich sehr gefreut hat, sie kennenzulernen."

# 20



„Meinst du nicht, dass es ein bisschen früh für Eis ist?", fragte Jack, als Lorena ihn mit sich zog. „Es ist März."

„Es ist nie zu früh für Eis", sagte sie und warf ihm einen verspielten Blick über die Schulter zu, als sie in die Schlange hüpfte. „Ich dachte, das hätte ich dir beigebracht – Hi, ich hätte gerne ein Erdbeereis im Becher und mein mürrischer Begleiter hätte gerne Schoko-Minze-Eis in der Waffel."

Jacks Mundwinkel zogen sich in Erheiterung und vielleicht auch ein wenig positiver Überraschung nach oben, dass sie sich noch daran erinnerte, welche Eissorten er mochte.

„Mürrischer Freund?"

„Würde dir *Ex-Stiefbruder Schrägstrich Ex-bester-Freund, der gerade meinen Eiscreme-Geschmack in Frage gestellt hat,* dir besser gefallen?" Sie legte den Kopf schräg. „Oder ich sollte dich einfach als meinen Ex bezeichnen – wäre vermutlich kürzer."

Jack schnaubte. „Vergiss, dass ich gefragt habe."

„Danke." Lorena strahlte, als sie den Becher und die Waffel entgegennahm, bevor sie sich umdrehte und Jack das Eis reichte. „Hier."

„Danke."

„Gerne."

Sie setzten sich auf die Stufen vor einem der größeren Gebäude, wo einige der Studenten das erste Sonnenlicht des Jahres genossen. Wie er trugen sie normale Kleidung, anders als Lorena, die noch ihre

Schuluniform trug, da sie sich beeilt hatte, nach Unterrichtsschluss den ersten Zug zu bekommen. Es schien sie nicht im Geringsten zu stören. Jack fühlte sich an die Zeiten erinnert, in denen sie als Kinder so gesessen hatten, und stellte fest, dass es nicht mehr das Gleiche war. Das Mädchen neben ihm war eine Fremde, jemand den er einst besser kannte als sich selbst.

„Also bin ich dein Ex-Freund, hm?", fragte er, die Stille zwischen ihnen durchbrechend. „Sollte ich mich beleidigt fühlen?"

„Ich habe nur versucht, etwas zu beweisen", sagte Lorena. „Du bist sicherlich mein ältester Freund, mein vertrautester ebenfalls, also denke ich, dass du eine gute Chance hast, bald ein Upgrade zu bekommen. Aber nicht zu bald. Ich muss für die Jahre, in denen wir nicht gesprochen haben, auf eine angemessene Weise kompensieren."

„Das nennst du angemessen?"

„Stellst du mich in Frage?"

„Du hättest anrufen oder schreiben können." Jack überraschte sich selbst mit den Worten und er konnte sehen, wie der Humor aus Lorenas Gesicht verschwand. Es störte ihn, stellte er fest, die verlorenen Jahre. Weil letzten Endes ihre Freundschaft der wirkliche Verlust der Scheidung ihrer Eltern gewesen war. „Aber ich schätze, das gilt auch für mich."

„Nun, wir haben offensichtlich unsere Lektion gelernt, oder nicht?"

# 21

Jack folgte ihr nicht. Er ging nicht, um aus dem Fenster zu gucken, um sie fortfahren zu sehen. Was er tat, war auf das Ende des Bettes zu sinken und sein Gesicht in den Händen zu vergraben. Tränen brannten hinter seinen Augen, aber sie kamen nicht. Das Geräusch von Reifen auf Schotter ertönte von draußen. Auf die Matratze zurückfallend hatte er keine Ahnung, wie viel Zeit vergangen war, bis er sich die Augen rieb und an die Decke spähte. Die Gereiztheit, die er beim Anblick der Klebesterne verspürte, reichte aus, um ihn in Bewegung zu setzen.

Jack rüstete sich für einen Streit mit seiner Familie, aber als er durch das Wohnzimmer und nach draußen ging, war er überrascht, wenn auch erleichtert, zu sehen, dass bis auf Soraya, die den Tisch abräumte, alle gegangen waren.

„Ich habe alle zurück ins Hotel geschickt", sagte sie, als hätte sie seine Gedanken gelesen, und kam mit mütterlicher Sorge zu ihm, eine Hand auf seinen Arm legend. „Geht es dir gut?"

„Nicht wirklich", gestand Jack.

„Könntest du mir bitte erzählen, was da gerade passiert ist?"

Statt besorgt sah Ted eher irritiert und wütend aus, als er auf die Terrasse trat, die Arme in die Hüften gestemmt. Als er das sah, konnte Jack sich nicht dazu bringen, ihm zu geben, was er wollte, um sich zu beruhigen.

„Ich dachte, das war offensichtlich."

„Nun, wenn es das war, würde das bedeuten, dass du und Lorena ein Paar seid und dass du nichts erwähnt hast, was angedeutet hätte, dass ihr beiden in einer Beziehung seid."

„Sind wir nicht", antwortete Jack ehrlich. Er hasste es, dass sein erster Instinkt war, sich verteidigen zu müssen. „Ich... weiß es nicht, okay?"

„Nein, es ist nicht okay", sagte Ted. „Du hättest es mir sagen sollen."

„Ich dachte, du weißt es. Ich dachte, das ist, warum du sie hier haben wolltest."

„Ted, ich möchte an unserem ersten Tag als Ehepaar keinen Streit anfangen", mischte Soraya sich ein. „Aber ernsthaft – bist du blind?"

„Wie bitte?"

„Dad", sagte Jack. „Du und Helene habt euch vor einem Jahrzehnt getrennt. Verdammt, du bist seit 16 Jahren von ihr geschieden!"

„Jack, ich-"

„Ich liebe sie. Und so sehr ich auch deinen Segen möchte, werde ich nicht zulassen, dass du unsere Beziehung oder Freundschaft, oder was auch immer zwischen uns ist, schlecht redest", unterbrach er seinen Vater und erlaubte sich endlich wütend zu werden. „Ich habe jede deiner Beziehungen unterstützt und mich immer für dich bemüht, egal wie ich mich gefühlt habe, und ehrlich gesagt erwarte ich jetzt das Gleiche von dir. *Besonders*, weil es Lorena ist, von der wir sprechen."

„Ich bin nur überrascht, Jack", seufzte sein Vater, seine Finger durch die Haare fahrend. „Auch wenn ich es vermutlich nicht hätte sein sollen."

Es gab viele Dinge, die Jack ihm gerne gesagt hätte, aber als er seinen Vater ansah, fühlte er sich nicht danach, irgendetwas zu sagen.

Er, ebenfalls, war das alles nur müde. Müde, enttäuscht und, einfach gesagt, leid, einen Kampf zu führen und sich zu rechtfertigen.

„Ich werde jetzt gehen.“

„Es tut mir leid“, sagte Ted. „Dafür, dass ich auf eine Weise reagiert habe, die den Eindruck gegeben hat, dass ich nicht einverstanden wäre. Natürlich bin ich das.“

Es war nicht so, dass Jack ihm nicht glaubte. Das tat er. Aber die Worte konnten seine Reaktion nicht verschwinden lassen, und jetzt gerade konnten sie ihn nicht versöhnen.

„Das solltest du vermutlich Lorena sagen“, murmelte er, bevor er sich an Soraya wandte. „Entschuldige das Drama. Ich hatte nicht geplant, diesen Tag für dich zu ruinieren.“

„Oh nein, entschuldige dich nicht, Liebes“, sagte Soraya, seinen Arm tätschelnd. „Nichts ist ruiniert. Dein Vater und ich werden uns um alles hier kümmern und du siehst zu, dass du dich ins nächste Flugzeug setzt.“ Sie gab ihrem Mann einen betonten Blick. „Richtig, Liebling?“

„Natürlich.“

# 22



*5 Jahre früher*

Den Sommer nach ihrem 21. Geburtstag reisten Lorena und Jack nach Italien. Es war eine der besten Zeiten. Sie verbrachten die ganzen Tage zusammen, fuhren mit dem Fahrrad, schwammen und schlenderten durch die Straßen und auch die ganzen Nächte. Sie blieben lange wach, lachten, tranken Wein oder lagen manchmal nur still nebeneinander, zu den echten Sternen hochsehend.

Diesen Abend war Lorena bereits draußen und lag im Gras, als er sich zu ihr legte, die Hände auf seinem Bauch faltend.

„Fragst du dich manchmal, warum sie es nicht geschafft haben?"

Sie sprach von ihren Eltern.

„Nicht wirklich, nein", gab er zu und drehte den Kopf zur Seite. „Du?"

„Es würde nichts ändern, also ist es egal." Sie zuckte die Schultern. „Aber ja, manchmal frage ich mich, wie unser Leben dann gewesen wäre."

„Du wärst vermutlich nicht zurück nach Amerika gezogen."

„Wir würden vermutlich in derselben Stadt wohnen."

„Stell dir vor."

Sie kicherten beide.

„Meinst du, wir wären noch Freunde?", fragte Lorena und drehte ihren Kopf, um ihn anzusehen.

Jack runzelte die Stirn. „Warum sollten wir keine Freunde mehr sein?"

„Ich weiß nicht." Sie drehte ihr Gesicht wieder den Sternen zu.

„Vielleicht wären wir mehr wie Geschwister als Freunde."

Die Sternenkonstellation dieser Nacht erinnerte ihn an die an der Decke ihres alten Zimmers.

„Geschwister können Freunde sein."

Er wusste, warum sie gefragt hatte, aber er wusste nicht, was er sagen sollte. So wie vorhin, als sie über ihre unerfolgreichen Liebesleben gesprochen hatten und sie scherzend vorgeschlagen hatte, dass sie beide vielleicht mal ausgehen sollten. Sie hatten gelacht, aber dann hatte sie gesagt, dass sie es ernst meinte, dass es vielleicht keine schlechte Idee war. Auch da hatte er nicht die richtigen Worte gefunden.

„Lorena?"

Sie sah ihn an. „Mhm?"

„Ich liebe dich", sagte Jack.

„Ich liebe dich auch."

„Ist zwischen uns alles in Ordnung?"

„Natürlich", sagte sie, griff nach seiner Hand und drückte sie. „Alles in Ordnung."

# 23

Jack hasste es zu fliegen. Es gab Menschen, die es mochten, in den Urlaub zu fliegen oder zu pendeln, und er war ernsthaft davon überzeugt, dass sie alle den Verstand verloren hatten. Auf ihrem Flug nach Italien hatte Lorena versucht zu argumentieren, dass Flugzeuge das sicherste Transportmittel waren und dass das Problem offensichtlich der Mangel an Kontrolle war, den man spürte, wenn man in einem Flugzeug anstatt eines Autos saß. Als Jack ihr einen Blick zugeworfen hatte, war sie schlau genug gewesen, das Thema fallen zu lassen.

Jack presste seine Augen zusammen, als ein Luftloch das Flugzeug ein paar Meter fallen ließ. Seine Finger bohrten sich fest in die Sitzlehnen. Auf keinen Fall würde er es wagen, seinen Sitzgurt zu lösen, bevor sie sicher aufgesetzt hatten. Das, allerdings, dauerte erheblich länger, wenn man sich nicht entspannen konnte und es eilig hatte, aber den Zeitplan nicht ändern konnte.

Es hatte keine Möglichkeit für Jack gegeben, sich auf Lorenas Flug zu buchen. Nachdem er das Haus seines Vaters verlassen hatte, hatte er seinen Reisepass holen und einen ESTA-Antrag ausfüllen müssen, damit er das Land betreten konnte. Bestätigungen konnten bis zu 72 Stunden dauern. Jack war trotzdem zum Flughafen gefahren, in der Hoffnung, dass der Prozess beendet sein würde, sobald er da war. Letzten Endes nahm er einen Flug am nächsten Tag, der ihn gegen 16 Uhr Ortszeit nach New York brachte. Was bedeutete, dass es, obwohl er keinen Koffer hatte, auf den er warten musste, bereits 17.38 Uhr war, als er die Treppen zu dem Stockwerk hochstieg, in dem Lorenas

Wohnung sich befand. Er klopfte, bevor er zu lange darüber nachdenken konnte.

Es war nicht Lorena, die die Tür öffnete.

„Hi.“

„Hi“, sagte Francis, den Eingang mit ihrem Körper blockierend. Sie sah ein wenig so aus, als würde sie ihm am liebsten die Tür vor der Nase zuschlagen. „Das hat ja lange gedauert.“

„Britische Staatsangehörige brauchen ein Visum für die USA“, sagte Jack.

Sie rümpfte die Nase, trat aber einen Schritt von der Tür zurück, sodass er eintreten konnte. „Ich schätze, das ist ein legitimer Grund.“

Im Wohnzimmer waren Lorenas andere zwei Uni-Freundinnen dabei, den kleinen Tisch abzuräumen. Die Küche sah ebenfalls durcheinander aus.

Francis schloss die Tür hinter ihm. „Du erinnerst dich an Barb und Jenn?“

„Klar“, sagte Jack und erwiderte das höfliche Lächeln beider Frauen. Es war eine Weile her, seit er sie persönlich gesehen hatte, aber er kannte ihre Gesichter von Lorenas sozialen Medien und dem gelegentlichen Videoanruf, in dem sie aufgetaucht waren. Dennoch, das Pink in Barbaras sonst rötlichen Haaren irritierte ihn für einen Moment. „Tut mir leid. Ist Lorena hier?“

Francis faltete die Decke auf dem Sofa. „Ist sie nicht.“

„Sie macht einen Sparziergang“, mischte Jennifer sich ein und reichte das dreckige Geschirr an Barbara, die zurück in die Küche ging, um das Chaos zu beseitigen.

„Ja“, stimmte sie zu. „Wir sind hier, weil wir uns Sorgen gemacht haben und sie aufheitern wollten, aber... Ich glaube, sie hat es nicht so wirklich gefühlt.“

„Okay, danke“, sagte Jack, seinen Rucksack neben die Haustür abstellend. „Stört es euch, wenn ich meine Sachen hierlasse?“

„Wo gehst du hin?“

„Zu ihr, um mit ihr zu reden, offensichtlich.“

Francis blinzelte. „Aber du weißt doch gar nicht, wo sie ist.“

„Ja, vielleicht ist es besser, du wartest hier“, sagte Jennifer. „Wir können dir einen Tee machen.“

Jack schüttelte den Kopf. „Danke, aber ich versuche mein Glück.“


Lorenas Erinnerung der letzten zwei Tage war verschwommen. Sie war von ihren Gefühlen bis zu dem Punkt überwältigt, dass sie sie nicht mehr verarbeitete. Ein Schatten ihrer selbst, hatte sie auf Autopiloten funktioniert, bis sie gestern Abend ihre Wohnung erreicht hatte. Hätte ihr Handy nicht immer und immer wieder geklingelt und sie aus ihrer Trance geweckt, wäre sie vermutlich genau an der Stelle auf der Couch geblieben, wo sie sich hingesetzt hatte, nachdem sie nach Hause gekommen war. Sie hatte noch nicht einmal ihren Mantel ausgezogen, als das Handy zum fünften Mal zu klingeln begann und Jenns Name auf dem Bildschirm auftauchte.

Als sie den Anruf entgegennahm, konnte sie die Erleichterung am anderen Ende der Leitung hören. Sie hatte keiner ihrer Freundinnen seit der Hochzeit geantwortet und auch vergessen, ihnen nach der Landung zu schreiben. Lorena schüttelte ihren Mantel ab, als ihre Freundin ihr sagte, dass sie sich Sorgen gemacht hatten. Alles, was sie bekam, war eine hohle Entschuldigung. Jenn fragte, ob sie in

Ordnung sei, und Lorena sagte, dass sie nicht darüber sprechen wolle. Es bestand kein Zweifel daran, dass sie besorgt war, aber sie drängte nicht weiter, nachdem Lorena ihr versichert hatte, dass es nicht notwendig für ihre Freundinnen war, vorbeizukommen. Und an dem Abend kamen sie auch nicht, doch am nächsten Tag, als sie die Tür öffnete und Francis, Barb und Jenn dort stehen sah, begann sie zu weinen. Lorena hasste es, zu weinen. Sie weinte so gut wie nie, aber wenn sie es tat, war sie kurz davor, hysterisch zu werden. Dieses Mal war keine Ausnahme. Sie weinte vermutlich eine Stunde lang, bevor sie den ersten zusammenhängenden Satz herausbrachte, in Bezug auf das, was passiert war. Sie sah beim Weinen auch nicht hübsch aus. Aber ihre Freundinnen hielten und trösteten sie, bis sie ein wenig ruhiger und bereit zu reden war. Sie blieben den gesamten Tag. Ted rief an, Jack nicht. Barb, die Einzige von ihnen, die tatsächlich gut im Kochen war, machte Abendessen, während welchem Lorena ruhiger wurde und ihren Freundinnen sagte, dass sie frische Luft bräuchte. Das war, wo sie sich jetzt befand. Auf einer Parkbank und sich wünschend, dass sie ihren Kopf vom Denken abhalten könnte.

Da war das Geräusch von sich nähernden Schritten auf dem Schotter. Jack lächelte nicht, als er zu ihr hinuntersah, die Hände tief in den Taschen des schwarzen Mantels vergraben, den sie ihm letztes Jahr eingeredet hatte.

„Ich dachte mir, dass ich dich hier finde."

Der Mantel war eine gute Wahl gewesen, dachte sie. Er sah attraktiv darin aus.

Lorena vermutete, dass er darauf wartete, dass sie etwas sagen würde, aber ihr fiel nichts ein.

„Wollen wir ein bisschen gehen?", fragte Jack.

Lorena zögerte, stand aber schließlich auf. Ein paar Momente lang liefen sie in Schweigen nebeneinanderher, bevor sie sich räusperte und es durchbrach.

„Es tut mir leid. Die Art, auf die ich gegangen bin. Ich brauchte einfach ein wenig Abstand, schätze ich."

„Schon okay", sagte Jack sanft. „Es waren ein paar überwältigende Tage."

„Dein Vater hat vorhin angerufen."

„Wirklich?"

„Er wollte sich entschuldigen."

Jack nickte langsam, sah sie aber nicht an. „Hast du angenommen?"

Die Worte oder der Mangel an Worten, hatte sie verletzt. Lorena hatte das Gefühl, dass ihr ein gewisser Groll zustand, aber sie war nicht nachtragend. Sie wusste, dass sie Ted eventuell vergeben würde, also gab es keinen Grund, sich bis dahin zu streiten.

„Habe ich. Ich hatte aber nicht so viel Lust auf Smalltalk mit ihm."

„Kann ich dir nicht verdenken." Jack drehte seinen Kopf, um sie anzusehen. „Verzeihst du mir auch?"

Lorena drehte den Kopf und runzelte die Stirn. „Wofür müsste ich dir denn verzeihen?"

„Dafür, dass ich nicht klar gesagt habe, was ich will. Ich hätte dir sagen sollen, dass ich möchte, dass du bleibst, in dem Moment, in dem du London erwähnt hast." Er zuckte die Schultern „Ich schätze, es fühlte sich nicht fair an, zu fragen."

„Wieso?"

„Weil du mich nie fragen würdest."

„Das ist etwas Anderes“, sagte sie.

„Inwiefern?“

Trotz allem war ihr beinahe zum Lachen zumute. Für Menschen, die sich so nahestanden, waren sie wirklich schrecklich darin, über ihre Gefühle zu reden.

„Jack, wir sind zwei sehr verschiedene Personen“, erklärte sie. „Du hattest immer ein Zuhause, einen Ort, und ich nicht. Es ist nicht so, dass ich meine Freunde nicht vermissen würde, aber... New York ist nicht mein Zuhause. Oxford ist es. Du bist es.“ Sie vergrub ihre Hände tiefer in den Jackentaschen. „Außerdem – du hast nicht gefragt, ich habe es angeboten.“

„Werden wir uns wirklich wegen der Terminologie streiten?“

Sie zuckte hilflos die Schultern. „Wenn es sein muss.“

Seine Hand umschloss ihren Arm, sie sanft dazu zwingend, stehen zu bleiben und ihn anzusehen.

„Ich liebe dich. Ich bin verliebt in dich“, verbesserte Jack. „Es tut mir leid, dass ich so lange gebraucht habe, das zu sagen.“

Anstatt zu antworten, lehnte Lorena sich zu ihm, ihre Arme um ihn schlingend, und vergrub ihren Kopf an seiner Schulter. Das erste Mal, als sie über Liebe gesprochen hatten, waren sie Kinder gewesen. Sie war neun Jahre alt und aufgewühlt gewesen, nachdem ein Mädchen sie in der Schule vom Rad geschupst und sie sich die Handflächen aufgeschlagen hatte. Jack hatte sie in die Mädchentoiletten gebracht, die Wunden ausgewaschen und ihr gesagt, dass sie nicht wegen eines gemeinen Mädchens weinen musste, das sie gar nicht mochte, weil sie eine Familie hatte, die sie liebte – ihre Mutter, seinen Vater und ihn ebenfalls. Obwohl die Art der Liebe anders gewesen war, der

Kern der Aussage blieb wahr.

„Ich bin auch verliebt in dich", sagte Lorena und schloss die Augen, als sich seine Arme ein wenig fester um sie schlossen.

# 24

Bis es wirklich Zeit wurde, nach Oxford zu ziehen, vergingen weitere drei Monate. Lorena unterschrieb ihren neuen Arbeitsvertrag, beantragte ein Arbeitsvisum und ließ all ihre Sachen verschiffen. Was erst wie eine lange Zeit erschien, war am Ende schnell vorbei.

„Ich glaube, wir wussten alle, dass du uns irgendwann verlassen würdest", sagte Francis, als sie ihre Freundin am Flughafen zum Abschied umarmte. „Aber ich freue mich sehr für dich."

„Danke", murmelte Lorena, ihre Freundin noch fester haltend. Egal wie sicher sie sich ihrer Sache war, ein Teil von ihr hasste es doch, sich verabschieden zu müssen. „Ich komme euch natürlich besuchen."

„Das hoffe ich doch."

Als Nächstes an der Reihe war ihre Mutter, die sich bereits die eine oder andere Träne aus dem Augenwinkel getupft hatte, wenn sie dachte, dass niemand hinsah. Nicht, dass sie damit allein gewesen wäre. Barb versuchte seit zehn Minuten, Jenn zu beruhigen. „Pass auf dich auf, Schatz. Ruf mich an, wenn du gelandet bist."

„Mach ich", versprach Lorena, als sie sich von ihrer Mutter löste.

Helene schnaubte, als Richard ihr ein neues Taschentuch reichte, nahm es dann aber doch, um sich vorsichtig die Augen zu trocknen. „Wenn wir das noch weiter hinausziehen, ruiniere ich mein Make-up."

Lorena verdrehte die Augen, bevor sie vortrat, um alle ein letztes Mal zu umarmen. Sie selbst vergoss ebenfalls ein paar Tränen.

Der Flughafen war ungewöhnlich leer aufgrund der frühen Uhrzeit, das Licht in der Wartehalle war noch zu grell und wurde von dem weißen Boden reflektiert. Jack überprüfte sein Handy auf neue Nachrichten von Lorena und lächelte, als er las: *Gelandet :)*

Der Bund Blumen in seiner Hand sah ein wenig unordentlich aus von der Fahrt. Bei dem Anblick der armen Pflanzen bekäme Ted vermutlich einen Herzinfarkt, aber es gab nichts, was Jack jetzt dagegen tun konnte, außer sie ein wenig umzuordnen, sodass diese mit hängenden Köpfen zumindest ein wenig von den umliegenden Blumen gestützt wurden.

Jack versuchte sein Lachen zu unterdrücken, aber scheiterte, als er Lorena von weitem sah, einen großen Koffer zu jeder Seite von sich schiebend. Ihr Haar war in einem Dutt, eine Frisur, von der er entschied, dass er ihr sagen sollte, dass sie ihr sehr gut stand. Abgesehen davon sah sie mit ihrer beigen Hose und dem schwarzen Rollkragenpullover so leger aus, wie sie es jemals wagen würde, das Haus zu verlassen. Vielleicht zog sogar sie bei Nachtflügen die Grenze.

Als Lorena ihn bemerkte, grinste sie. „Letzte Chance, es dir anders zu überlegen."

„Ich habe dir Blumen mitgebracht", sagte Jack und reichte ihr den bunten Bund, was dazu führte, dass sie sich umordneten und zwei ihre Köpfe zur Seite fallen ließen. „Ich schätze, du kannst auch noch umkehren."

„Keine Chance. Du wirst mich jetzt nicht mehr los."

Jack zog sie in eine enge Umarmung, bevor er ihr Gesicht in die Hände nahm und sie küsste. Die Errötung auf ihren Wangen sehend, musste er sich zurückhalten, nicht zu lachen, was ihm einen Knuff in die Seite einheimste.

Er hielt betont seine Hand für sie hin. „Bereit?“

„Klar“, sagte Lorena und ergriff sie.

Zusammen gingen sie zum Ausgang und zu Jacks altem Auto auf dem Parkplatz. Die Koffer passten, auf beeindruckende Weise, problemlos in den Kofferraum.

„Ich sollte dich vielleicht warnen“, sagte Jack, als er die Fahrertür hinter sich schloss. „Ich glaube, Ava schmeißt eine Willkommensparty für dich.“

# Epilog

Zwei Jahre nachdem Lorena leicht ausgeflippt war, wie durcheinander sie auf ihrer eigenen Willkommensparty aussehen würde, wo sie sich trotzdem mit Jacks Freunden amüsierte, heirateten sie. Beide ihre Familien waren anwesend und ihre Freundesgruppen verschmolzen zusammen, als ob sie sich seit Jahren kannten. Die beste Rede wurde von Dean, dem Trauzeugen, gehalten, der über Freundschaft und wahre Liebe sprach, dicht gefolgt von Ava, deren ironische Erzählkünste ihren Bruder die Augen verdrehen und alle anderen sich vor Lachen krümmen ließen. Ted und Helene brachten die Präsentationen zum Vorschein, die Jack und Lorena als Kinder gemacht hatten.

Die Wörter im amerikanischen und britischen Englisch können sich durch Aussprache oder Rechtschreibung unterscheiden. Es kann sich auch um gänzlich unterschiedliche Vokabeln handeln. Es kann gesagt werden, dass Jack und Lorena im Laufe ihres gemeinsamen Lebens über jede Einzelne von ihnen diskutierten.